16	3	2	13
5	10	11	8
9	6	7	12
4	15	14	1

Coleção LESTE

Fiódor Dostoiévski

UMA HISTÓRIA DESAGRADÁVEL

Tradução e notas
Priscila Marques

Posfácio
Aleksei Riémizov

editora 34

EDITORA 34

Editora 34 Ltda.
Rua Hungria, 592 Jardim Europa CEP 01455-000
São Paulo - SP Brasil Tel/Fax (11) 3811-6777 www.editora34.com.br

Título original:
Skviérni anekdot

Imagem da capa:
A partir de xilogravura de Oswaldo Goeldi, 1951
(autorizada sua reprodução pela Associação Artística Cultural Oswaldo Goeldi - www.oswaldogoeldi.com.br)

Capa, projeto gráfico e editoração eletrônica:
Bracher & Malta Produção Gráfica

Revisão:
Alberto Martins, Danilo Hora

1ª Edição - 2016, 2ª Edição - 2019 (1ª Reimpressão - 2023)

CIP - Brasil. Catalogação-na-Fonte
(Sindicato Nacional dos Editores de Livros, RJ, Brasil)

Dostoiévski, Fiódor, 1821-1881
D724h Uma história desagradável / Fiódor Dostoiévski; tradução e notas de Priscila Marques; posfácio de Aleksei Riémizov. — São Paulo: Editora 34, 2019 (2ª Edição).
112 p. (Coleção Leste)

Tradução de: Skviérni anekdot

ISBN 978-85-7326-637-5

1. Literatura russa. I. Marques, Priscila. II. Riémizov, Aleksei, 1877-1957. III. Título. IV. Série.

CDD - 891.73

UMA HISTÓRIA DESAGRADÁVEL

NOTA DA TRADUTORA

Priscila Marques

Uma história desagradável (*Skviérni anekdot*) foi publicada em novembro de 1862 na revista *O Tempo*, cuja equipe editorial era composta por Fiódor Dostoiévski, seu irmão Mikhail e intelectuais de formação heterogênea. O periódico tomou parte nos acalorados debates promovidos na imprensa russa nas décadas de 1850-60, priorizando o diálogo e a pluralidade de pontos de vista em oposição à visada política mais radical que o principal periódico, *O Contemporâneo*, vinha tomando desde o final dos anos 1850.

O pano de fundo desta narrativa são as "grandes reformas" conduzidas pelo tsar Alexandre II visando à modernização econômica da Rússia, então abatida pela derrota na Guerra da Crimeia (1853-1856). Os novos decretos incidiram sobre a administração regional, com a criação dos *zemstvos*;[1] o sistema judiciário, com a instituição do tribunal por júri; e a servidão, com a emancipação dos servos. A "renovação das esperanças", mencionada pelo narrador logo de início, é uma alusão direta a essas reformas.

A novela traz à tona a forte estratificação da hierarquia social russa, e daí a importância dos títulos dos personagens

[1] Órgão criado afim de promover maior autonomia das províncias em decisões administrativas de interesse local, como a construção de escolas, hospitais e estradas. Os líderes dos *zemstvos* eram escolhidos em eleições nas quais eram representados todos os estratos sociais.

e de suas respectivas formas de tratamento. As personagens Pralínski e Chipulenko são "conselheiros efetivos de Estado", título que equivalia à patente de major-general e dava direito à nobreza hereditária — membros dessa classe ocupavam cargos como o de diretor de departamento, governador ou prefeito, e deviam ser tratados por "Vossa Excelência". A personagem Nikíforov é "conselheiro privado", patente mais elevada. Abaixo deles estão o chefe de seção Akim Petróvitch e os pequenos funcionários como Pseldonímov, um *málienki tcheloviék*, um "pequeno homem", tipo social que se cristalizou na literatura russa a partir do conto "O capote" (1842), de Nikolai Gógol.

O estilo do narrador é bastante singular, com longos parágrafos de pontuação flutuante, alinhavando diálogos, pensamentos e fatos em uma narrativa por vezes vertiginosa. A tradução para o português procurou manter este aspecto, além dos traços de oralidade, registros de estrato social e nuances de afetação e formalidade. Indicamos por meio de notas o uso do francês no original, que é russificado quando empregado pelas classes mais baixas, mas aparece em caracteres latinos quando usado pela elite.

Duas palavras sobre o título: *anekdot* pode ser traduzido como "caso", "episódio", "brincadeira", "anedota" ou "história", entre outras possibilidades; aqui acompanhamos as traduções já existentes (*Uma história aborrecida*, *Uma história lamentável*, *Uma história suja*). Já *skviérni* aparece de forma recorrente ao longo da narrativa, mas com sutis variações. Além da "história", ele qualifica também o ato de desobediência de um cocheiro, o rosto de um colega de trabalho, a recepção atônita do público da festa e, por fim, o gosto de ressaca na boca do protagonista. Optamos por empregar sempre o mesmo termo para que o leitor possa seguir a sutil ironia que cerca esta "história desagradável".

Ao final do volume foi incluído, como posfácio, um ensaio do escritor modernista Aleksei Riémizov (1877-1957), escrito em 1944-45, para servir de prefácio à sua tradução da novela para o francês, feita em conjunto com Jean Chuzeville e publicada sob o título *Scandaleuse histoire* (Paris, Les Éditions des Quatre Vents, 1945). A editora francesa recusou o prefácio e ele foi publicado na coletânea *Encontro* (*Vstretcha*, nº 2, Paris, 1945) da Associação dos Escritores Russos, com o título "*Uma história desagradável*: a ideia secreta de Dostoiévski" ("*Skviérni anedokt*: potainaia misl Dostoievskogo"). A tradução de Irineu Franco Perpetuo, aqui publicada, tomou como base a versão recolhida em *O fogo das coisas* (*Ogon veschei*, Paris, Oplechnik, 1954), uma reunião de ensaios de Riémizov sobre vários escritores russos, como parte da seção "Estrela-absinto" ("Zvezda-polni", referência ao Apocalipse, 8: 11), dedicada a Dostoiévski.

Skviérni anekdot, traduzido do original russo *Sobránie sotchiniénii v 15 tomakh* (Obras reunidas em 15 tomos), de Dostoiévski, tomo IV, Leningrado, Naúka, 1989.

As notas da tradutora fecham com (N. da T.).

UMA HISTÓRIA DESAGRADÁVEL

Esta história desagradável aconteceu justamente na mesma época em que teve início, com força incontrolável e um impulso tocante e ingênuo, o renascimento da nossa amada pátria e o almejo de todos os seus gloriosos filhos por novos destinos e esperanças. Naquela época, numa noite clara e glacial de inverno, já pela meia-noite, três homens extremamente respeitáveis estavam reunidos numa sala confortável e até luxuosa em uma bela casa de dois andares no Lado Petersburgo,[1] onde encetavam uma séria e edificante conversa sobre um tema muito interessante. Esses três homens eram generais. Estavam sentados ao redor de uma pequena mesinha, cada um em uma bela e macia poltrona, e intercalavam calma e confortavelmente a conversa com goles de champanhe. A garrafa estava na mesinha, num balde de prata com gelo. Ocorre que o anfitrião, o conselheiro privado Stepán Nikíforovitch Nikíforov, um solteirão de uns 65 anos, comemorava a mudança para a casa recém-comprada; aliás, também era seu aniversário, data que ele até então nunca comemorara. Nem Deus sabe, porém, que tipo de comemoração era aquela: como já vimos, havia apenas dois convidados, ambos ex-colegas e ex-subordinados de Nikíforov; um era o conselhei-

[1] Bairro do subúrbio de São Petersburgo, localizado ao norte, à margem direita do rio Nievá. (N. da T.)

ro efetivo de Estado Semión Ivánovitch Chipulenko e o outro, também conselheiro efetivo de Estado, Ivan Ilitch Pralínski. Chegaram por volta das nove horas, tomaram chá e depois passaram para o vinho, pois às onze e meia em ponto tinham que voltar para casa. A vida toda, o anfitrião gostou de regularidade. Duas palavras sobre ele: começou sua carreira como um funcionário pequeno e sem recursos, arrastou-se com tranquilidade nessa lenga-lenga por cerca de 45 anos a fio, sabia muito bem aonde chegaria, não daria para pegar as estrelas do céu, embora já tivesse duas no peito; não gostava especialmente de expressar sua opinião pessoal sobre o que quer que fosse. Além disso, era honrado, ou seja, não chegou a fazer nada de particularmente desonesto; era solteiro por ser egoísta; não era nem um pouco bobo, mas não suportava exibir sua inteligência; não gostava em particular de desleixo nem de exaltação, que considerava desleixo moral; no final da vida deixou-se absorver por um conforto tranquilo e indolente e uma solidão sistemática. Embora às vezes visitasse pessoas de grau mais elevado, desde jovem não suportava receber visitas, e, nos últimos tempos, quando não jogava paciência, satisfazia-se com a companhia do relógio da sala de jantar e passava a noite toda ouvindo impassível, cochilando na poltrona, o tique-taque vindo da redoma de vidro sobre a lareira. Tinha uma aparência extremamente respeitável, estava sempre com a barba feita, parecia mais jovem, bem conservado, prometia viver muito ainda e se comportava como um verdadeiro cavalheiro. Sua posição era bastante confortável: participava de reuniões e assinava documentos. Em uma palavra, era considerado uma pessoa magnífica. Tinha apenas uma paixão, ou melhor dizendo, um desejo ardente: ter sua própria casa, uma casa mesmo, uma residência em grande estilo e não um investimento. Seu desejo, enfim, se realizou: escolheu e comprou uma casa no Lado Petersburgo, distante, é verdade, mas com jardim e, além do mais, refinada. O novo proprietário julgou que seria melhor se fosse até mais distante: não gostava de receber visitas e, para ir até a casa de alguém ou para o trabalho, tinha uma bela caleça de dois lugares cor de chocolate, o cocheiro Mikhéi e dois cavalos pequenos, porém fortes e bonitos. Tudo isso fora adquirido com dinheiro trabalhosamente economizado ao longo de quarenta anos, de forma que seu coração se enchia de alegria. Eis porque ao comprar a casa e mudar-se para lá, Stepán Nikíforovitch sentiu em seu sossegado coração tamanho contentamento que até convidou pessoas para o seu aniversário, que antes escondia cuidadosamente mesmo dos conhecidos mais próximos. Tinha inclusive certas intenções em relação a um dos convidados. O andar superior da casa era ocupado por ele, o inferior, que fora construído e organizado da mesma forma que o superior, pretendia alugar. Para isso, Stepán Nikíforovitch considerou Semión Ivánovitch Chipulenko e naquela noite chegou a tocar duas vezes no assunto. Mas Semión Ivánovitch nada respondeu. Tratava-se de uma pessoa que conquistara seu espaço depois de longo e árduo trabalho, tinha cabelos e suíças pretas e sua face tinha um tom de constante derramamento de bile. Era casado, sorumbático e caseiro, comandava a casa com mãos de ferro, realizava seu trabalho com autoconfiança, sabia muito bem até onde chegaria, e, melhor ainda, aonde não chegaria nunca, ocupava um bom cargo e se mantinha firme nele. Via as novas reformas com irritação, embora não estivesse especialmente preocupado: tinha muita confiança em si e ouvia o falatório de Ivan Ilitch Pralínski sobre os novos temas com sarcasmo. Enquanto isso, todos estavam bebericando, de modo que até o próprio Stepán Nikíforovitch foi condescendente com o senhor Pralínski e entrou em uma leve discussão com ele sobre as novas reformas. Eis algumas palavras sobre Sua Excelência o senhor Pralínski, até porque ele é o personagem principal do presente conto.

O conselheiro efetivo de Estado Ivan Ilitch Pralínski tornara-se o que se chama de "Vossa Excelência" há apenas quatro meses, em uma palavra, era um jovem general.[2] Era jovem também de idade, tinha não mais do que 43 anos; parecia, e gostava de parecer, ainda mais jovem. Era um homem bonito, alto, vestia ternos muito elegantes e carregava com grande sagacidade uma importante condecoração no peito; desde a infância sabia adotar modos aristocráticos e, sendo solteiro, sonhava com uma noiva rica e aristocrata. Sonhava ainda com muitas outras coisas, embora não fosse nem um pouco bobo. Por vezes, era um grande tagarela e até gostava de assumir pose de parlamentar. Vinha de uma boa família, era filho de general e não gostava de pegar no pesado; em sua tenra infância vestia veludo e cambraia, estudou em uma escola aristocrática e, embora não tivesse aprendido muita coisa lá, trabalhou e chegou a general. Os superiores consideravam-no uma pessoa capaz e até depositavam esperanças nele. Stepán Nikíforovitch, de quem foi subordinado desde o começo quase até se tornar general, nunca o considerou um homem de negócios e não depositava nenhuma esperança nele. Contudo, agradava-lhe o fato de ele vir de uma boa família, ter bens, isto é, uma grande propriedade com administrador, ser bem relacionado e, acima de tudo, ter postura. Stepán Nikíforovitch lamentava mentalmente seu excesso de imaginação e frivolidade. O próprio Ivan Ilitch sentia às vezes que era por demais vaidoso, chegava a ser melindroso. Coisa estranha: de tempos em tempos, sofria um ataque mórbido de escrúpulos e até uma espécie de leve remorso. Com amargor e uma farpa secreta na alma, confessava às vezes que não voara tão alto quanto tinha pensado. Nesses momentos, che-

[2] Na Rússia tsarista os altos cargos do serviço civil possuíam uma patente militar correspondente. Para mais detalhes ver a "Nota da tradutora" nesta edição. (N. da T.)

gava a cair em desânimo, especialmente quando estouravam hemorroidas, dizia que sua vida era *une existence manquée*,[3] deixava de crer, de si para si, é claro, até em suas aptidões parlamentares, considerava-se um orador, um frasista, e, embora tudo isso lhe trouxesse muito respeito, de forma alguma o impedia de levantar a cabeça meia hora depois e, de modo tão persistente quanto arrogante, sentir-se animado e confiante de que não apenas cresceria, mas ainda se tornaria um alto oficial e até um homem do governo, de quem a Rússia se lembraria por muito tempo. Por vezes, chegava a imaginar monumentos. Daí se vê que Ivan Ilitch sonhava alto, embora escondesse no fundo de seu ser, e até com certo pavor, seus vagos sonhos e esperanças. Em uma palavra, era um bom homem e até um poeta de alma. Nos últimos anos, os momentos mórbidos de decepção tinham se tornado mais frequentes. Ficou como que mais irritadiço, desconfiado e pronto a ofender-se diante de qualquer objeção. Mas, súbito, a Rússia que se renovava o deixou com grandes esperanças. Ter-se tornado general coroou essas esperanças. Ele despertou, levantou a cabeça. De repente, começou a falar muito e com eloquência, falar de novos temas, os quais assimilou de forma extremamente rápida e inesperada a ponto de delirar. Procurava oportunidades para falar, circulava pela cidade e em muitos lugares conseguiu passar por um liberal desesperado, o que muito o lisonjeava. Naquela noite, depois de beber umas quatro taças, caiu na farra. Queria mudar a opinião de Stepán Nikíforovitch sobre tudo, fazia tempo que não o via e, até então, sempre o havia respeitado e até obedecido. Por algum motivo, passou a considerá-lo reacionário e começou a atacá-lo com excepcional ardor. Stepán Nikíforovitch quase não retorquia, apenas escutava com malícia, embora se interes-

[3] "Uma existência perdida", em francês no original. (N. da T.)

sasse pelo tema. Ivan Ilitch inflamou-se e, no calor da briga imaginária, entornava mais goles do que deveria. Então, Stepán Nikíforovitch pegou a garrafa e encheu sua taça de uma vez, o que, não se sabe por qual motivo, ofendeu Ivan Ilitch, ainda mais por Semión Ivánitch[4] Chipulenko, a quem ele desprezava particularmente e cujo cinismo e cólera chegava a temer, ter permanecido ali de lado em silêncio, rindo mais do que devia. "Eles, parece, me consideram um moleque", passou pela cabeça de Ivan Ilitch.

— Não, já está na hora, e faz tempo — continuou com veemência. — Estamos muito atrasados e, na minha opinião, a humanidade é um assunto central, humanidade em relação aos subordinados, lembremos que eles também são gente. A humanidade tudo salva e tudo constrói...

— He-he-he-he! — ouviu-se, vindo de Semión Ivánovitch.

— Veja só, agora deu de passar sermão — retorquiu enfim Stepán Nikíforovitch, sorrindo gentilmente. — Reconheço, Ivan Ilitch, que até agora não consegui captar o que o senhor quis explicar. O senhor fala de humanidade. Isso significa amor à humanidade, não?

— Sim, é possível, que seja amor à humanidade. Eu...

— Permita-me. Segundo meu julgamento, a questão não é somente essa. O amor à humanidade sempre foi necessário. A reforma não se limita a isso. Foram levantadas questões camponesas, legais, econômicas, de propriedade, morais e... e... e são infinitas essas questões; todas juntas, de uma vez, podem gerar, por assim dizer, grandes agitações. Eis o que nos preocupa, não simplesmente a humanidade...

— De fato, a questão é mais profunda — observou Semión Ivánovitch.

[4] Diminutivo de Ivánovitch. (N. da T.)

— Entendo bem e permita-me observar, Semión Ivánovitch, que eu não acredito absolutamente que esteja atrás do senhor quanto à profundidade de compreensão das coisas — observou de forma sarcástica e extremamente brusca —, contudo, mesmo assim, chego ao ponto de lhe dizer, Stepán Nikíforovitch, que o senhor também não me entendeu de todo.

— Não entendi.

— Contudo, sustento e divulgo em toda parte a ideia de que a humanidade, e precisamente a humanidade em relação aos subordinados, do oficial para com o escrivão, do escrivão para com o faxineiro, do faxineiro para com o mujique: a humanidade, eu digo, pode servir de pedra angular para as futuras reformas e para a renovação das coisas em geral. Por quê? Porque sim. Considere o seguinte silogismo: sou humano, consequentemente sou amado. Sou amado, portanto sinto confiança. Sinto confiança, portanto acreditam em mim; acreditam em mim, portanto me amam... ou seja, não, quero dizer, se acreditam, então também acreditarão na reforma, entenderão, por assim dizer, a própria essência da questão, abraçar-se-ão, por assim dizer, no sentido moral e resolverão todas as coisas de forma amigável e fundamental. De que está rindo, Semión Ivánovitch? Não entende?

Stepán Nikíforovitch levantou a sobrancelha em silêncio; estava surpreso.

— Parece-me que bebi um pouco demais — observou sarcasticamente Semión Ivánitch —, estou com o raciocínio lento. Perdi um pouco o tino.

Ivan Ilitch estremeceu.

— Não vamos aguentar — disse de repente Stepán Nikíforovitch depois de uma leve hesitação.

— Como assim, não vamos aguentar? — perguntou Ivan Ilitch, surpreso com a observação abrupta e desconexa de Stepán Nikíforovitch.

— Assim, não vamos aguentar — Stepán Nikíforovitch evidentemente não quis se estender no assunto.

— O senhor está falando de vinho novo e odres novos?[5] — respondeu Ivan Ilitch, não sem ironia. — Bem, não, eu respondo por mim.

Nesse minuto, o relógio bateu onze e meia.

— Chega de ficar sentado, é hora de partir — disse Semión Ivánitch, preparando-se para levantar. Mas Ivan Ilitch se antecipou e imediatamente colocou-se de pé e pegou seu chapéu de zibelina que estava sobre a lareira. Olhou como se tivesse sido insultado.

— E então, Semión Ivánitch, vai pensar? — disse Stepán Nikíforovitch, acompanhando os convidados.

— Sobre o apartamentozinho? Vou pensar, vou pensar.

— Quando resolver, me informe o quanto antes.

— Ainda falando de negócios? — observou amigavelmente o senhor Pralínski com certa afetação, brincando com seu chapéu. Parecia-lhe que o tinham esquecido.

Stepán Nikíforovitch levantou a sobrancelha e se calou, indicando que não deteria os convidados. Semión Ivánitch se apressou em partir.

"Bem... depois dessa, como queira... já que não compreende uma simples gentileza", decidiu de si para si o senhor Pralínski e estendeu a mão para Stepán Nikíforovitch com particular sem-cerimônia.

Na antessala, Ivan Ilitch vestiu seu leve e caro casaco de pele, tentando por algum motivo não reparar no desgastado casaco de pele de guaxinim de Semión Ivánitch; ambos começaram a descer as escadas.

[5] Referência à passagem do Evangelho de Marcos, 2: 22-3: "Ninguém põe vinho novo em odres velhos; do contrário o vinho novo romperá os odres; e tanto se perde o vinho, como os odres. Mas põe-se vinho novo em odres novos". (N. da T.)

— Parece que o nosso velho se ofendeu — disse Ivan Ilitch ao calado Semión Ivánitch.

— Mas por quê? — este respondeu de forma fria e tranquila.

"Lacaio!", pensou de si para si Ivan Ilitch.

Saíram pela porta principal; o trenó e o cavalo cinza e sem-graça foram entregues a Semión Ivánitch.

— Que diabos! O que foi que Trífon fez com a minha caleça? — gritou Ivan Ilitch, quando não viu seu veículo.

A caleça não estava em parte alguma. O funcionário de Stepán Nikíforovitch não sabia de nada. Foram ter com Varlam, cocheiro de Semión Ivánitch, receberam como resposta que tudo estava lá, a caleça também estava lá, só que agora não estava mais.

— Que história desagradável! — disse o senhor Chipulenko. — Quer que o leve?

— Gente safada! — gritou em fúria o senhor Pralínski. — Pediu-me, o canalha, para ir a um casamento logo ali no Lado Petersburgo, alguma comadre iria se casar, que o diabo a carregue. Eu o proibi estritamente de sair. Agora aposto que foi para lá!

— De fato — observou Varlam —, foi para lá; prometeu voltar em um minuto, ou seja, voltar a tempo.

— Mas veja! Eu como que pressenti isso. Ele vai ver!

— É melhor açoitá-lo bem umas duas vezes na delegacia, aí sim ele vai obedecer às ordens — disse Semión Ivánitch, já se acomodando no trenó.

— Por favor, não se preocupe, Semión Ivánitch!

— Posso levar o senhor, não quer?

— Boa viagem, *merci*.[6]

[6] "Obrigado", em francês no original. (N. da T.)

Semión Ivánitch partiu, já Ivan Ilitch foi a pé pelas tábuas da calçada de madeira,[7] sentindo enorme irritação.

* * *

"Não, você vai ver, seu vigarista! Estou indo a pé de propósito, para que sinta, para que se assuste! Quando voltar, vai ficar sabendo que seu senhor foi embora a pé... Descarado!"

Ivan Ilitch nunca ficara tão bravo assim, mas estava completamente furioso e, ademais, sua cabeça zunia. Ele não estava acostumado a beber, de modo que quaisquer cinco ou seis taças logo faziam efeito. Mas a noite estava encantadora. Havia gelo, mas o silêncio e a ausência de vento eram incomuns. O céu estava claro, estrelado. A lua cheia banhava a terra com um opaco brilho prateado. Estava tão aprazível que Ivan Ilitch, depois de uns cinquenta passos, quase esqueceu seu infortúnio. Começou a se sentir especialmente bem. Além disso, pessoas embriagadas logo mudam de impressão. Ele até começou a gostar das simplórias casinhas de madeira da rua deserta.

"Ainda bem que vim a pé", pensou de si para si, "é uma lição para Trífon e um prazer para mim. De fato, preciso caminhar mais. Pudera! Eu chamo um cocheiro só para ir até a Bolchói Prospekt. Que noite maravilhosa! Olhem essas casinhas. Aqui deve morar gente simples, funcionários... comerciantes, talvez... Aquele Stepán Nikíforovitch! Como são rea-

[7] No original, *dereviánie mostkí*, que também costuma ser traduzido como "passeios de madeira". Vale esclarecer que todas as cidades na Rússia de então eram "de madeira", e a única exceção era precisamente São Petersburgo, construída à maneira ocidental e símbolo de uma Rússia modernizada, em cujo centro os edifícios e o calçamento eram inteiramente de pedra. (N. da T.)

cionários, aqueles velhos tontos! Tontos, *c'est le mot.*[8] Contudo, é um homem inteligente; tem aquele *bon sens*,[9] uma compreensão prática e sóbria das coisas. Mas mesmo assim, são velhos, velhos! Não têm aquele... Falta-lhes algo... Não vamos aguentar! O que ele quis dizer com isso? Ficou até pensativo quando falou. Aliás, ele não me entendeu nem um pouco. Mas como não entender? Era mais difícil não entender do que entender. O mais importante é que estou convencido, plenamente convencido. Humanidade... amor à humanidade. Fazer o homem retornar a si mesmo... recuperar sua dignidade própria e então... com o material pronto, começar a trabalhar. Me parece claro! Sim! Permita-me, Vossa Excelência, tome este silogismo: encontramos, por exemplo, um funcionário, um funcionário pobre, esquecido. 'Então... quem é você?' Resposta: 'Um funcionário'. Muito bem, um funcionário; a seguir: 'Que tipo de funcionário?'. Resposta: funcionário tal e tal. 'Trabalha?' — 'Trabalho!' — 'Quer ser feliz?' — 'Quero.' — 'De que precisa para ser feliz?' 'Disso e daquilo.' 'Por quê?' 'Por que sim...' E eis que o homem me compreende com duas palavras: é meu, foi capturado, como que por redes, e eu faço com ele tudo o que quiser, ou seja, para o seu bem. Que pessoa desagradável esse Semión Ivánitch! E que rosto desagradável... Açoite-o na delegacia, foi o que ele disse de propósito. Não, está mentindo, açoite você mesmo, eu não vou açoitar; vou acossar Trífon com palavras, vou repreendê-lo, aí sim ele vai sentir. Quanto à chibata, hum... é uma questão aberta, hum... Não será melhor passar na casa de Emerance? Inferno, malditas calçadas!" — exclamou, súbito, depois de tropeçar. "E esta é a capital! Ilustração! Pode-se quebrar a perna. Hum. Odeio aquele Semión

[8] "Essa é a palavra", em francês no original. (N. da T.)

[9] "Bom senso", em francês no original. (N. da T.)

Ivánitch; um rosto repugnante. Agora mesmo estava rindo de mim, quando eu disse que se abraçarão no sentido moral. Se abraçarão, e o que você tem com isso? Você, eu não abraçarei; antes um mujique... Se encontrar um mujique, falarei com ele. Aliás, eu estava bêbado, e pode ser que não tenha me expressado bem... É possível que agora também não esteja me expressando bem... Hum. Nunca mais vou beber. Passa-se a noite tagarelando, e no dia seguinte se arrepende. Veja só, estou, de fato, caminhando sem cambalear... Contudo, são todos uns vigaristas!"

Assim raciocinava Ivan Ilitch, de modo fragmentado e desconexo, andando pela calçada. O ar fresco agiu sobre ele e, por assim dizer, sacudiu-o. Cerca de cinco minutos depois, ele estaria calmo e sentiria sono. Mas, de repente, a quase dois passos da Bolchói Prospekt, ouviu música. Olhou ao redor. Do outro lado da rua, num prédio de um andar caindo aos pedaços, comprido e de madeira, acontecia uma festança, violinos bramiam, um contrabaixo rangia e uma flauta estridente tocava uma melodia alegre de quadrilha. Debaixo das janelas ficava o público, a maioria mulheres com casacos de algodão e lenços na cabeça; se espremiam com força para tentar ver algo pelos vãos da persiana. Era evidente que estava alegre. O barulho surdo dos pés dançantes chegava ao outro lado da rua. Ivan Ilitch notou não muito longe de si um policial e se aproximou dele.

— De quem é esta casa, irmão? — perguntou, abrindo um pouco seu caro casaco de pele, o suficiente para que o policial percebesse uma significativa condecoração em seu peito.

— De Pseldonímov, funcionário do legistro[10] — respon-

[10] O policial se confunde ao dizer a função de Pseldonímov, funcionário do registro. (N. da T.)

deu o policial, endireitando-se ao perceber, com um golpe de vista, a distinção.

— De Pseldonímov? Puxa! De Pseldonímov!... E quem é esse? É seu casamento?

— Sim, Vossa Senhoria, com a filha do conselheiro titular. Mlekopitáiev, o conselheiro titular... trabalhava na prefeitura. Vai receber a casa junto com a noiva.

— Então quer dizer que agora a casa é de Pseldonímov e não de Mlekopitáiev?

— De Pseldonímov, Vossa Senhoria. Era de Mlekopitáiev, agora é de Pseldonímov.

— Hum. Estou perguntando, irmão, pois sou o chefe dele. Sou general no mesmo lugar onde trabalha Pseldonímov.

— Precisamente, Vossa Excelência. — O policial se esticou todo e Ivan Ilitch ficou como que pensativo. Parou e refletiu.

De fato, Pseldonímov era do seu departamento, da mesma repartição, ele se lembrou disso. Era um pequeno funcionário, recebia uns dez rublos por mês de ordenado. Uma vez que Pralínski assumira a repartição havia pouco tempo, não se lembrava em detalhes de todos os subordinados, mas lembrou de Pseldonímov, justamente por causa do sobrenome. Chamara a sua atenção desde a primeira vez, de modo que teve curiosidade de espiar com mais atenção o dono de tal sobrenome. Agora se lembrava de um rapaz ainda muito jovem, de nariz aquilino, com bastos cabelos loiros desbotados, magro e desnutrido, com um uniforme impossível, de uma indecência indizível. Ele se lembrou de como, na época, surgiu-lhe um pensamento: não seria o caso de dar ao coitado uns dez rublos pelo feriado para que se arrume melhor? Mas como seu rosto era tristonho demais e o olhar tão feio que chegava a despertar repulsa, esse pensamento bondoso evaporou-se por si só, de modo que Pseldonímov acabou sem sua gratificação. Ficou ainda mais impressionado quando, na semana anterior, esse mesmo Pseldonímov pediu licença para se casar. Ivan Ilitch lembrou que não teve tempo de se ocupar da questão do casamento em detalhes, de modo que ela foi resolvida rápida e facilmente. Mesmo assim, lembrou-se com exatidão de que Pseldonímov receberia como dote uma casa de madeira mais quatrocentos rublos em dinheiro vivo; esse fato o surpreendeu na época; lembrou-se até de ter feito graça com a junção dos sobrenomes Pseldonímov e Mlekopitáiev.[11] Lembrou-se com clareza de tudo isso.

Lembrou-se e ficou cada vez mais pensativo. É sabido que, em um instante, todo um raciocínio se desenvolve em nossas cabeças na forma de alguma coisa como sensações que não se traduzem em linguagem humana, muito menos literária. Mas tentaremos traduzir todas essas sensações de nosso herói e apresentar ao leitor ao menos a essência delas, por assim dizer, o que há de mais indispensável e verossímil nelas. Pois muitas de nossas sensações, quando traduzidas para a linguagem comum, parecem absolutamente inverossímeis. É por isso que elas nunca encontram expressão no mundo, mas todos as temos. É claro que as sensações e pensamentos de Ivan Ilitch eram um tanto desconexos. Mas os senhores sabem o motivo.

"Como é possível?", passou-lhe pela cabeça. "Nós falamos, falamos, mas na hora de agir, não dá em nada. Por exemplo, esse Pseldonímov: antes do casamento andava agitado, esperançoso, ansioso pela festa... Este é um dos dias mais felizes de sua vida... Agora está às voltas com os convidados, com o banquete — modesto, pobre, mas alegre, feliz, honesto... Imaginem só se ele soubesse que neste minuto eu,

[11] O sobrenome Pseldonímov origina-se de uma variação do substantivo russo *psevdoním*, "pseudônimo". Já Mlekopitáiev tem origem no substantivo *mlekopitáiuschee*, "mamífero". (N. da T.)

eu, seu próprio chefe, seu superior, estou aqui diante de sua casa, ouvindo sua música? Como será que se sentiria? Não, como se sentiria se eu agora, de repente, resolvesse entrar? Hum... É claro que no começo se assustaria, emudeceria de perturbação. Eu o perturbaria, estragaria tudo, talvez... Sim, esse seria o caso se entrasse qualquer outro general, não eu... De fato, qualquer general, menos eu...

"Sim, Stepán Nikíforovitch! O senhor não tem me compreendido ultimamente, então aqui vai um exemplo pronto.

"Sim. Todos nós gritamos sobre a humanidade, mas não somos capazes de heroísmo, de façanhas.

"Que tipo de heroísmo? Deste tipo. Reflita: considerando as relações atuais entre todos os membros da sociedade, o fato de eu, eu, entrar depois da meia-noite no casamento de meu subordinado, de um funcionário do registro que recebe dez rublos por mês, isso sim seria perturbação, um turbilhão de ideias, os últimos dias de Pompeia, o caos! Isso ninguém compreenderá. Stepán Nikíforovitch morreria e não compreenderia. De fato, ele mesmo disse: não vamos aguentar. Sim, mas isso são os senhores, pessoas velhas, paralíticas e inertes, mas eu a-guen-ta-rei! Transformarei o último dia de Pompeia no mais doce dos dias para o meu subordinado, transformarei uma atitude selvagem em uma atitude normal, patriarcal, moral e elevada. Como? Assim. Tenha a bondade de ouvir...

"Vamos supor, então, que eu entre: eles ficarão estupefatos, interromperão a dança, olharão espantados, vão recuar. Então me manifestarei: caminharei na direção do assustado Pseldonímov e com o mais carinhoso sorriso, com as mais simples palavras, direi: 'É o seguinte, estava em casa de Vossa Excelência Stepán Nikíforovitch. Suponho que saiba, aqui na vizinhança...'. Assim, de forma leve, meio cômica, relatarei a aventura com Trífon. De Trífon, passarei ao fato de que estava vindo a pé... 'Bem, ouvi uma música, perguntei ao policial e soube, irmão, que era seu casamento. Pensei, vou fazer uma visita ao meu subordinado, ver como meus funcionários se divertem e... celebram um casamento. Suponho que não vai me enxotar!' Enxotar! Que palavrinha para um subordinado. Como diabos seria capaz de me enxotar? Acho que vai é enlouquecer, sair correndo para me acomodar numa poltrona, tremer de admiração, sem ao menos se dar conta do que está acontecendo!...

"O que pode ser mais simples e elegante do que tal atitude? Para que entrar? Isso são outros quinhentos! Esse já é, por assim dizer, o aspecto moral da questão. O âmago.

"Hum... sobre o que é que eu estava pensando mesmo? Sim!

"Bem, é claro que me farão sentar com os convidados mais importantes, com algum conselheiro titular ou parente, um capitão aposentado de nariz vermelho... Aquelas figuras que Gógol descrevia tão bem. Então, é claro, serei apresentado à noiva, vou tecer-lhe um elogio, animarei os convidados. Pedirei que não se acanhem, que se alegrem e continuem a dançar, farei piadas, darei risada, em uma palavra: serei gentil e agradável. Sou sempre gentil e agradável quando estou satisfeito comigo mesmo... Hum... a única coisa é que estou, parece, um pouco... quer dizer, não bêbado, mas...

"... É claro que eu, como *gentleman*, ficarei no mesmo nível deles e não exigirei quaisquer distinções... Mas, no sentido moral, no sentido moral a história é outra: eles vão entender e apreciar... Minha atitude fará renascer neles toda a nobreza... Vou ficar lá meia hora... uma hora, que seja. Partirei antes do jantar, é claro, e então eles começarão a se agitar, assar, cozinhar, farão uma reverência, mas eu apenas tomarei uma taça, cumprimentarei, mas recusarei o jantar. Direi: negócios. E assim que eu pronunciar a palavra 'negócios', todos imediatamente se levantarão respeitosamente com semblante sério. Com delicadeza, lembrarei que entre eles e mim existe uma diferença. Como entre o céu e a terra. Não que eu queira convencê-los disso, mas é preciso... mesmo no sentido moral é necessário, apesar de tudo. Porém, eu logo esboçarei um sorriso, até soltarei uma gargalhada e, num instante, todos se animarão... Farei ainda outro gracejo com a noiva; hum... insinuarei que dali a exatos nove meses voltarei na condição de padrinho, he-he! Ela, decerto, deve dar à luz nessa época. Afinal, eles se reproduzem como coelhos. Então todos irão rir, a noiva vai enrubescer, eu beijarei sua testa carinhosamente, até a abençoarei e... e no dia seguinte minha façanha já será conhecida na repartição. No dia seguinte voltarei a ser rigoroso, voltarei a ser exigente e até implacável, mas todos já saberão que tipo de pessoa eu sou. Conhecerão minha alma, minha essência: 'É rigoroso como chefe, mas como homem, é um anjo!'. Terei então triunfado; os terei capturado com uma pequena atitude que não passaria pela cabeça dos senhores; eles serão meus; eu serei o pai, eles os filhos... E então, Vossa Excelência Stepán Nikíforovitch, por que não faz o mesmo?

"... Será que os senhores sabem, será que compreendem que Pseldonímov contará para seus filhos que o general em pessoa banqueteou e até bebeu no seu casamento? Os filhos contarão para os seus próprios filhos, e estes para seus netos, como a mais sagrada das histórias, que um alto oficial, um estadista (eu serei, então, tudo isso) lhes deu a honra... etc. etc. Com efeito, eu elevarei moralmente este humilhado, farei com que volte a ser quem é... Afinal, ele recebe dez rublos de ordenado!.. Repetirei isso cinco, dez vezes, ou algo do tipo, e conquistarei popularidade universal... Ficarei gravado no coração de todos e só o diabo sabe o que pode resultar disso, dessa popularidade toda!.."

Assim, ou quase assim, raciocinava Ivan Ilitch (senhores, que tipo de coisa uma pessoa diz de si para si, ainda mais em estado um tanto excêntrico!). Todos esses pensamentos passaram pela sua cabeça em segundos e ele poderia, é claro, ter se limitado a esses sonhos e, depois de constranger Stepán Nikíforovitch em pensamento, ter voltado muito tranquilamente para casa e ido dormir. Que bom seria! Mas a desgraça é que aquele era um momento de excentricidade.

Como que de propósito, naquele mesmo instante, sua bem-disposta imaginação fez surgir os fátuos rostos de Stepán Nikíforovitch e de Semión Ivánovitch.

— Não vamos aguentar! — repetia Stepán Nikíforovitch, sorrindo com desdém.

— He-he-he! — secundava Semión Ivánovitch com o mais detestável sorriso.

— Quero ver se não vamos aguentar! — bradou decididamente Ivan Ilitch, seu rosto chegou até a arder. Ele saiu da calçada e caminhou com passos firmes pela rua em direção à casa de seu subordinado, o funcionário do registro Pseldonímov.

* * *

Foi levado por uma estrela. Entrou alegre pelo portão aberto e, com desprezo, afastou com o pé um cachorrinho peludo e roufenho que, mais por convenção do que com alguma intenção real, atirou-se aos seus pés com um latido áspero. Caminhou pelo assoalho de tábuas até o terraço fechado, uma cabine que dava para o pátio e, subindo três degraus deteriorados de madeira, chegou à minúscula entrada. No canto queimava um toco de vela de sebo ou algo como um lampião, mas isso não impediu Ivan Ilitch, com suas galochas, de enfiar o pé esquerdo na galantina que havia sido deixada ali para esfriar. Ivan Ilitch se inclinou e, olhando com curiosidade, viu que havia ainda dois pratos com um tipo de geleia, além de duas coisas que pareciam manjar-branco. A galantina esmagada o deixou sem-graça e, no mesmo instante, ocorreu-lhe o seguinte pensamento: não será melhor sair de fininho agora? Pensou, contudo, que isso seria baixo demais. Considerando que ninguém tinha visto e de forma alguma pensariam que tinha sido ele, limpou rapidamente a galocha para ocultar as evidências, procurou tateando a porta revestida de feltro, abriu-a e deu na diminuta antessala. Metade dela estava literalmente abarrotada com capotes, sobrecasacas, casacos femininos, chapéus, xales e galochas. Na outra metade estavam os músicos: dois violinistas, uma flauta e um contrabaixo, ao todo quatro pessoas, que, é claro, foram encontradas na rua mesmo. Estavam sentados em volta de uma mesa de madeira não pintada e, iluminados apenas por uma vela de sebo, tocavam em alto e bom som a última parte de uma quadrilha. Da porta aberta dava para ver pessoas dançando em meio a poeira, tabaco e fumaça. Havia uma espécie de alegria frenética. Ouviam-se as gargalhadas, os gritos e ganidos das damas. Os cavalheiros batiam os pés como uma esquadra de cavalos. No meio dessa barafunda toda destacava-se o comando do mestre de cerimônias, um homem aparentemente desembaraçado ao extremo e que estava com a camisa desabotoada: "Cavalheiros para a frente, *chaîne de dames, balancé*!"[12] — e assim por diante. Ivan Ilitch livrou-se com certa agitação de seu casaco de pele e das galochas e entrou na sala segurando o chapéu. Contudo, já não raciocinava.

No primeiro minuto ninguém notou sua presença: todos estavam ocupados terminando de dançar a quadrilha. Ivan Ilitch parou aturdido e não conseguia perceber mais nada naquela baderna. Viu de relance alguns vestidos, cavalheiros com cigarros entre os dentes... Viu também de relance o xale azul-claro de alguma dama, que resvalou em seu nariz. Atrás dela, com uma animação frenética, um estudante de medici-

[12] Indicação dos passos da quadrilha. No original, as expressões francesas aparecem russificadas. (N. da T.)

na de cabelos desgrenhados passou feito uma bala, dando-lhe um forte esbarrão. Diante dele passou ainda um oficial de algum destacamento, que parecia ter uma versta[13] de altura. Alguém com uma voz afetada e esganiçada gritou "E-e-eh, Pseldonímuchka!",[14] ao passar voando e batendo o pé com os demais. Havia algo grudento sob os pés de Ivan Ilitch: evidentemente o chão tinha sido encerado. Na sala, que, aliás, não era tão pequena, havia cerca de trinta convidados.

Um minuto depois a quadrilha acabou, e logo em seguida aconteceu exatamente o que Ivan Ilitch imaginara enquanto devaneava na calçada. Entre os convidados e dançarinos, que ainda não tinham conseguido recuperar o fôlego e limpar o suor do rosto, correu um murmúrio, um rumor estranho. Todos os olhos, todos os rostos se voltaram rapidamente para o visitante recém-chegado. Todos deram um passo atrás e recuaram. Puxaram pela roupa, chamando a atenção dos poucos que não haviam notado. Estes também olharam ao redor e recuaram com os demais. Ivan Ilitch permaneceu na porta, sem dar um passo sequer, entre ele e os convidados abriu-se um espaço cada vez maior de chão coberto por infindáveis papeizinhos de bala, bilhetinhos e pontas de cigarro. Súbito, nesse espaço surgiu timidamente um jovem rapaz vestindo uniforme, de barba feita, cabelos loiros e nariz aquilino. Caminhou adiante fazendo uma reverência e olhando para o visitante inesperado como um cachorro olha para o dono que acabara de chamá-lo para dar-lhe uma sova.

— Olá, Pseldonímov, me reconhece?... — disse Ivan Ilitch e, no mesmo instante, sentiu que aquilo saiu de um modo terrivelmente desajeitado; sentiu também que talvez tivesse feito uma asneira horrível.

[13] Antiga medida russa equivalente a 1,067 km. (N. da T.)

[14] Forma carinhosa de Pseldonímov. (N. da T.)

— Vo-vossa Ex-celência!... — balbuciou Pseldonímov.

— Pois bem. Eu, irmão, vim parar aqui totalmente por acaso, como você mesmo, é provável, deve imaginar...

Mas Pseldonímov obviamente não podia imaginar nada. Ficou parado, com os olhos esbugalhados, terrivelmente perplexo.

— Não vai me pôr para correr, eu suponho... Contente ou não, vai receber um visitante!... — continuou Ivan Ilitch, e sentiu que ficara confuso até o ponto de uma fraqueza indecente, queria sorrir, mas já não conseguia; a história cômica sobre Stepán Nikíforovitch e Trífon tornava-se cada vez mais impossível. Mas Pseldonímov, por sorte, continuou petrificado, dirigindo-lhe um olhar de todo imbecil. Ivan Ilitch estremeceu, sentiu que mais um minuto daquele jeito e aconteceria uma confusão inacreditável.

— Será que não estou atrapalhando? Melhor ir embora! — mal conseguiu articular, e um nervo começou a palpitar no canto direito de seu lábios...

Mas Pseldonímov já recobrara os sentidos...

— Vossa Excelência, por Deus... É uma honra — murmurou, apressando-se em fazer uma reverência. — Dê-nos a honra de sentar-se... — E, ainda voltando a si, indicou com as duas mãos um sofá do qual fora afastada a mesa para abrir espaço para a dança.

Ivan Ilitch se sentiu aliviado e largou-se no sofá; imediatamente alguém recolocou a mesa no lugar. Deu uma olhada de passagem e percebeu que somente ele estava sentado, os demais estavam em pé, inclusive as damas. Mau sinal. Mas ainda não era hora de lembrar e encorajá-los. Os convidados ainda estavam recuados, e diante dele, encurvado, permanecia apenas Pseldonímov, ainda sem entender nada e longe de esboçar um sorriso. A situação era desagradável, em resumo: naquele minuto, nosso herói suportou tanta angústia que sua invasão ao território de seus subordinados, feita apenas por princípio e digna de um Harun al-Rashid,[15] realmente poderia ser considerada uma façanha. De repente, certa figura apareceu ao lado de Pseldonímov e começou a fazer uma reverência. Para sua inexprimível satisfação e até felicidade, Ivan Ilitch logo reconheceu o chefe de seção Akim Petróvitch Zubikov, de quem não era próximo, mas sabia ser um funcionário competente e de poucas palavras. Imediatamente levantou-se e estendeu a mão a Akim Petróvitch, a mão toda, não só dois dedos. O outro, com o mais profundo respeito, segurou-a com as duas palmas. O general estava triunfante, tudo estava salvo.

Com efeito, agora Pseldonímov era, por assim dizer, não a segunda, mas a terceira pessoa. Na conversa, podia agora dirigir-se diretamente ao chefe de seção, que, por necessidade, adotara como um conhecido, íntimo até, enquanto Pseldonímov, por sua vez, podia ficar simplesmente calado e estremecer de veneração. Assim, a decência foi observada. Uma explicação se fazia necessária. Ivan Ilitch sentiu que era o caso. Ele viu que todos os convidados esperavam algo, que em ambas as portas se amontoava toda a gente da casa, estavam quase subindo um em cima do outro para conseguir vê-lo e ouvi-lo. Era desagradável o fato de que o chefe de seção, por estupidez, continuasse em pé.

— Faça o favor! — disse Ivan Ilitch, apontando desajeitadamente o lugar ao seu lado no sofá.

— Imagine... eu fico aqui... — e Akim Petróvitch logo se sentou na cadeira colocada às pressas por Pseldonímov, que insistia em permanecer de pé.

[15] O quinto e mais famoso califa da dinastia abássida de Bagdá, Harun al-Rashid assumiu o poder aos vinte anos, em 786, e reinou até sua morte em 809. É mencionado em muitas histórias das *Mil e uma noites*. (N. da T.)

— O senhor não imagina o que me aconteceu — começou Ivan Ilitch, dirigindo-se exclusivamente a Akim Petróvitch com uma voz um pouco trêmula, mas já mais desembaraçada. Ele até alongava e dividia as palavras, enfatizava as sílabas, começou a pronunciar a letra *a* como *e*; em uma palavra, tinha consciência de sua afetação, mas já não conseguia ter controle sobre si, como se estivesse dominado por uma força exterior. Estava, naquele momento, terrivelmente, sofrivelmente consciente de muitas coisas.

— Imagine que acabo de voltar da casa de Stepán Nikíforovitch, de quem o senhor já deve ter ouvido falar, um conselheiro privado. O senhor sabe... daquela comissão...

Akim Petróvitch flexionou todo o corpo para a frente em sinal de respeito:

— Sim, como não.

— Ele agora é seu vizinho — continuou Ivan Ilitch, por um instante, em nome da decência e da naturalidade, dirigindo-se a Pseldonímov, mas logo retornou, ao ver nos olhos de Pseldonímov que para ele aquilo era indiferente.

— O velho, como o senhor sabe, sonhou a vida toda comprar uma casa... Pois, comprou. Uma casa muito boazinha. Sim... Hoje foi seu aniversário, data que ele nunca antes havia comemorado, até escondia de nós, se negava a contar por avareza, he-he! Agora ficou tão feliz com a casa nova que convidou a mim e Semión Ivánovitch. O senhor conhece, não? Chipulenko?

Akim Petróvitch inclinou-se novamente. Inclinou-se com determinação! Ivan Ilitch se sentiu um pouco consolado. Então, ocorreu-lhe que o chefe da seção talvez tivesse adivinhado que ele, naquele momento, era um ponto de apoio indispensável para Sua Excelência. Isso seria ainda mais desagradável.

— Sentamos os três, ele nos serviu champanhe, conversamos sobre negócios... Falamos disso, daquilo... de pro-ble-mas... Até dis-cu-ti-mos... He-he!

Akim Petróvitch levantou as sobrancelhas respeitosamente.

— Mas a questão não foi essa. Despedi-me dele, enfim; o velho é regrado, costuma se deitar cedo, o senhor sabe, nessa idade. Saí... e não encontrei meu Trífon! Fiquei alarmado, saí perguntando: "O que Trífon fez com minha caleça?". Soube que ele achou que eu ficaria mais tempo e foi para o casamento de alguma comadre ou irmã... só Deus sabe. Em algum lugar aqui no Lado Petersburgo. E levou mesmo a caleça consigo. — O general olhou outra vez para Pseldonímov, por educação. Este imediatamente se curvou, mas não do jeito que era necessário diante de um general. "Não tem compaixão, não tem coração", passou de relance pela cabeça de Ivan Ilitch.

— Não diga! — disse Akim Petróvitch, profundamente estupefato. Um leve murmúrio de surpresa perpassou a multidão.

— Podem imaginar minha situação? (Ivan Ilitch dirigiu o olhar para todos). Não havia o que fazer, então resolvi caminhar. Pensei, vou dar um jeito de chegar a Bolchói Prospekt e lá encontrarei um cocheiro qualquer... he-he!

— Hi-hi-hi! — respondeu respeitosamente Akim Petróvitch. Um novo murmúrio, mas agora em tom alegre, perpassou a multidão. Nesse momento, ouviu-se o barulho do vidro da luminária da parede quebrando. Alguém correu para consertar. Pseldonímov estremeceu e olhou severo para a luminária, mas o general sequer prestou atenção e tudo se acalmou.

— Caminhei... a noite estava tão bonita, tranquila. De repente, ouvi música, batidas, pessoas dançando. Indaguei a um policial: é o casamento de Pseldonímov. Quer dizer, irmão, que está dando um baile para todo o Lado Petersburgo? Ha-ha... — e de súbito dirigiu-se novamente a Pseldonímov.

— Hi-hi-hi! Pois é... — respondeu Akim Petróvitch. Os

convidados se agitaram outra vez, mas o mais estúpido foi que Pseldonímov, embora tenha feito uma reverência, quase não sorriu, como se fosse um pedaço de tábua. "É tonto ou o quê?", pensou Ivan Ilitch. "Agora era para ter sorrido, seu burro, e tudo correria bem." A impaciência enfureceu seu coração.

— Pensei, vou fazer uma visita ao meu subordinado. Ele não vai me pôr para correr... Contente ou não, vai receber um visitante. Você, irmão, por favor, me desculpe. Se estiver atrapalhando, vou embora... Eu só passei para olhar...

Pouco a pouco, começou uma movimentação geral. Akim Petróvitch olhou com uma expressão doce: "Como poderia, Vossa Excelência, estar atrapalhando?". Todos os convidados começaram a se movimentar e a mostrar os primeiros sinais de desembaraço. Quase todas as damas se sentaram. Um sinal bom e positivo. As mais corajosas se abanavam com seus lenços. Uma delas, com um vestido de veludo esfarrapado, falou algo em voz intencionalmente alta. O oficial, ao qual ela se dirigira, quis responder em tom ainda mais alto, mas vendo que somente eles falavam assim, desistiu. Os homens, a maioria funcionários da seção, além de dois ou três estudantes, se entreolharam, como se estivessem impelindo uns aos outros a se espalharem, limparam a garganta e até começaram a dar alguns passos em diferentes direções. Ninguém, aliás, estava particularmente acanhado, eram apenas bárbaros e quase todos olharam com hostilidade para a figura que havia irrompido entre eles para perturbar a alegria. Um oficial, envergonhado por sua covardia, aos poucos começou a se aproximar da mesa.

— Ouça, irmão, me permite perguntar seu nome e patronímico? — perguntou Ivan Ilitch a Pseldonímov.

— Porfíri Petrov, Vossa Excelência — respondeu, com olhos esbugalhados, como se estivesse passando por uma inspeção.

— Apresente-me, Porfíri Petróvitch, à sua jovem esposa... Leve-me até ela... eu...

Ele demonstrou o desejo de se levantar. Mas Pseldonímov correu até a sala de estar. A noiva, contudo, estava bem ali na porta, mas, ao ouvir que falavam dela, logo se escondeu. Um minuto depois, Pseldonímov trouxe-a pela mão. Todos se afastaram para abrir caminho. Ivan Ilitch levantou-se solenemente e dirigiu-se a ela com um sorriso afável.

— Muito, muito prazer em conhecê-la — disse com uma meia-reverência aristocrática. — Ainda mais neste dia...

Ele sorriu maliciosamente. As damas se agitaram agradavelmente.

— *Charmée*[16] — disse a dama com vestido de veludo, quase em voz alta.

A jovem estava à altura de Pseldonímov. Era uma damazinha magra, de uns dezessete anos, branca, de rosto muito pequeno e narizinho pontiagudo. Seus olhinhos pequenos, ágeis e rápidos não eram absolutamente confusos, ao contrário, olhavam fixamente e até com um quê de malícia. Era óbvio que Pseldonímov a escolhera não pela beleza. Usava um vestido branco de musselina com bainha rosa. Tinha o pescoço fino e o corpo como o de uma galinha com ossos saltados. Não foi capaz de dizer absolutamente nada em resposta ao cumprimento do general.

— Pois é muito bonitinha — continuou à meia-voz, como se estivesse falando apenas com Pseldonímov, mas de modo que a jovem pudesse ouvir. Pseldonímov, contudo, também não respondeu nada e, dessa vez, sequer se inclinou. Até pareceu a Ivan Ilitch que seus olhos tinham algo de frio, oculto, como se em sua mente houvesse algo especialmente ma-

[16] Da expressão "*charmée de vous voir*" ("encantada em vê-lo"). No original, tem-se a forma russificada. (N. da T.)

ligno. Não obstante, era preciso a qualquer custo despertar a sensibilidade dos presentes. Foi para isso que viera.

"São mesmo um casal!", pensou. "Apesar de tudo..."

Voltou a dirigir-se à noiva, que havia se sentado ao seu lado no sofá, mas em resposta às suas duas ou três perguntas obteve apenas "sim" e "não", quando muito.

"Se ao menos ela estivesse constrangida", continuou de si para si, "eu começaria a gracejar. Mas, assim, estou num beco sem saída." Akim Petróvitch, como que de propósito, também se calou e, mesmo que tenha sido por estupidez, seu comportamento era indesculpável.

— Senhores! Será que não estou atrapalhando o divertimento? — disse para os convidados em geral. Sentiu que até as palmas das mãos transpiravam.

— Não... não se preocupe, Vossa Excelência, já vamos começar, agora... estamos nos refrescando — respondeu o oficial. A noiva olhou-o com prazer: o oficial ainda não era velho e vestia o uniforme de alguma ordem. Pseldonímov ficou parado, pendendo para a frente, seu nariz aquilino parecia ainda mais protuberante. Ele via e ouvia tudo como um criado, parado, com um casaco de pele nas mãos, como se esperasse seus senhores terminarem de se despedir. O próprio Ivan Ilitch fez essa comparação; ele estava perdido, sentiu-se desconfortável, terrivelmente desconfortável, como se estivesse perdendo o chão debaixo dos pés, como se tivesse ido parar em um lugar de onde não conseguia sair, como se estivesse no escuro.

* * *

Súbito, todos abriram espaço e surgiu uma mulher baixa e encorpada, já entrada em anos, vestida com trajes simples, embora ajeitada; levava um grande xale sobre os ombros, preso na altura do pescoço, e um chapéu, o qual claramente não tinha o costume de usar. Trazia uma pequena bandeja redonda sobre a qual havia uma garrafa de champanhe já aberta, mas ainda cheia, e duas taças, nem mais, nem menos. Era evidente que a garrafa serviria apenas dois convidados.

A senhora de idade se aproximou do general.

— Não repare, Vossa Excelência — disse ela, inclinando-se —, não faça pouco de nós, o senhor nos deu a honra de vir ao casamento do meu filhinho, tenha a bondade de saudar os noivos com vinho. Não faça pouco, nos dê a honra.

Ivan Ilitch agarrou-se a ela como se fosse sua salvação. Não era absolutamente uma mulher velha, tinha seus 45 ou 46 anos, não mais. Seu arredondado rosto russo era bondoso, rosado e franco, sorria com tamanha bondade e se inclinava com tanta simplicidade, que Ivan Ilitch quase se sentiu consolado e começou a ter esperanças.

— Então, a se-nho-ra é m-mãe de seu fi-lho — disse, levantando-se do sofá.

— Isso, a mãe, Vossa Excelência — balbuciou Pseldonímov, esticando seu longo pescoço e novamente exibindo seu nariz.

— Ah! Muito prazer, mui-to pra-zer em conhecê-la.

— Não menospreze, Vossa Excelência.

— Com o maior prazer.

A bandeja foi colocada sobre a mesa; Pseldonímov apressou-se em servir o vinho. Ivan Ilitch, ainda de pé, pegou uma taça.

— Eu estou especialmente, especialmente feliz pela oportunidade... — começou — ... por poder... atestar diante de todos... Em uma palavra, como chefe... desejo à senhora (dirigiu-se à noiva), e a você, meu amigo Porfíri, desejo felicidade duradoura, próspera e plena.

E emocionado entornou o conteúdo da taça, a sétima da noite. Pseldonímov olhou sério e até taciturno. O general começou a odiá-lo horrivelmente.

"Este imbecil (olhou para o oficial) fica se intrometendo. Bem que poderia ter gritado: Hurra! E tudo se acertaria, se acertaria..."

— O senhor também, Akim Petróvitch, beba e comemore — acrescentou a velha dirigindo-se ao chefe da seção. — O senhor é o chefe, ele é seu subordinado. Cuide do meu filhinho, peço-lhe como mãe. Não se esqueça de nós, querido amigo Akim Petróvitch, o senhor é um homem bom.

"Como são maravilhosas essas velhinhas russas!", pensou Ivan Ilitch. "Animou-nos a todos. Eu sempre amei o povo..."

Neste minuto, colocaram outra bandeja sobre a mesa. Foi trazida por uma moça que usava um barulhento e nunca antes lavado vestido de chita e crinolina. Ela quase não aguentava o peso da bandeja, tão grande que era. Sobre ela havia incontáveis pratos com maçãs, doces, *pastilá*,[17] marmelada, nozes etc. etc. A bandeja estava na sala de estar para servir todos os convidados, especialmente as damas. Mas agora trouxeram-na apenas para o general.

— Não menospreze nossos quitutes, Vossa Excelência. Fique à vontade para pegar o que quiser — repetiu a velha, inclinando-se.

— Com prazer... — disse Ivan Ilitch e até com satisfação pegou e esmagou uma noz entre os dedos. Havia decidido ser popular até o fim.

Nesse meio tempo, a noiva começou inesperadamente a dar risadinhas.

— O que foi? — perguntou Ivan Ilitch com um sorriso, alegre por perceber um sinal de vida.

— Foi Ivan Kostenkinitch quem me fez rir — respondeu, olhando para baixo.

[17] Doce russo feito à base de mel e frutas, especialmente uma variedade de maçã azeda. (N. da T.)

O general de fato distinguiu um jovem loiro, bastante bonito, que estava escondido do outro lado do sofá e sussurrava algo para a madame Pseldonímova. O jovem se levantou. Aparentava ser muito tímido e muito jovem.

— Estava falando sobre o "dicionário de sonhos", Vossa Excelência — murmurou, como que se desculpando.

— Qual dicionário de sonhos? — perguntou Ivan Ilitch, com ar de superioridade.

— Existe um novo dicionário de sonhos, literário.[18] Estava dizendo que sonhar com o senhor Panáiev[19] quer dizer derrubar café no peitilho.

"Quanta ingenuidade", pensou Ivan Ilitch, até com maldade. Embora tenha enrubescido ao dizer isso, o jovem estava incrivelmente feliz por ter falado do senhor Panáiev.

— Sim, sim, eu ouvi dizer... — retorquiu Sua Excelência.

— Não, existe outro ainda melhor — disse outra voz próxima de Ivan Ilitch. — Será lançada uma nova enciclopédia, para a qual, dizem, o senhor Kraiévski irá escrever verbetes, Alferaki...[20] literatura de *acusamento*...[21]

[18] Trata-se do *Dicionário dos sonhos da literatura russa contemporânea*, obra cômica de Nikolai F. Scherbina (1821-1869) que parodia o popular *Dicionário dos sonhos de Martin Zadek*, com sonhos relacionados a figuras do mundo literário. (N. da T.)

[19] Ivan I. Panáiev (1812-1862), escritor, jornalista e crítico, coeditor da revista *O Contemporâneo*. (N. da T.)

[20] Trata-se do *Dicionário enciclopédico composto por literatos e cientistas russos*, cujo primeiro tomo saiu em 1861, sob edição de A. A. Kraiévski (1818-1889), que não era literato nem cientista, mas empresário e, por isso, não foi considerado à altura do cargo. Nikolai D. Alferaki era um comerciante russo de Taganrog que construiu um grande palácio na cidade. (N. da T.)

[21] Referência à "literatura de acusação", gênero literário essencialmente satírico e polemista e que foi muito popular entre os escritores do campo radical de esquerda nos anos 1860. Em russo, o personagem pro-

Isso foi dito por um jovem rapaz que não estava nada constrangido, mas bastante desembaraçado. Usava luvas, um colete branco e segurava o chapéu nas mãos. Não dançava, olhava com arrogância, trabalhava para a revista satírica *A Faísca*, e, portanto, agia de acordo — tinha ido parar no casamento por acaso, era convidado de honra de Pseldonímov, a quem tratava por "você" e com quem no ano anterior vivera na miséria na casa de uma alemã, "num canto" —; mesmo assim, bebeu vodca e, para fazê-lo, recolheu-se inúmeras vezes a um quarto isolado nos fundos, até o qual todos sabiam chegar. O general não gostou nada do rapaz.

— E é por isso que é engraçado — interrompeu de repente com alegria o jovem loiro que havia falado do peitilho e para quem o jovem do periódico satírico que vestia colete branco olhou com ódio —, é engraçado, Vossa Excelência, pois o autor seria o senhor Kraiévski e ele não sabe escrever corretamente, pensa que "literatura de acusação" se diz "literatura de acusamento"...

Mas o pobre jovem quase não terminou de falar. Viu pelos olhos do general que ele há muito sabia daquilo, pois ele mesmo como que se confundia e, é claro, tinha consciência disso. O jovem rapaz ficou incrivelmente envergonhado. Logo conseguiu desaparecer, e passou o resto da noite muito triste. O desembaraçado colaborador da *Faísca*, por sua vez, achegou-se e tinha a intenção de se sentar ali por perto. Tal desembaraço pareceu a Ivan Ilitch um tanto perigoso.

— Sim! Diga, por favor, Porfíri — começou, apenas para dizer algo —, eu sempre quis perguntar-lhe isso pessoalmente: por que seu nome é Pseldonímov e não Psevdonímov? Será que não é Psevdonímov?

nuncia a palavra com o acento tônico na sílaba errada, *áblitchitelnaia literatura*, em vez de *oblitchítelnaia literatura*. (N. da T.)

— Não sei informar com precisão, Vossa Excelência — respondeu Pseldonímov.

— Deve ter sido quando o pai dele começou no serviço, devem ter se enganado nos papéis, e acabou ficando Pseldonímov mesmo — retorquiu Akim Petróvitch. — Acontece.

— Com cer-te-za — disse o general num ímpeto —, com cer-te-za. Pois, veja só: Psevdonímov vem da palavra "pseudônimo". Já Pseldonímov não quer dizer nada.

— É ignorância — acrescentou Akim Petróvitch.

— O que exatamente é ignorância?

— O povo russo, por ignorância, às vezes troca as letras e pronuncia as coisas do seu jeito. Por exemplo, dizem "enválido", em vez de "inválido".

— Ah, sim... "enválido", he-he-he...

— Também dizem "múmero", Vossa Excelência — soltou o oficial, que há muito estava com comichões para aparecer de alguma forma.

— Como assim "múmero"?

— "Múmero", em vez de "número", Vossa Excelência.

— Ah, sim, "múmero"... Sim, sim... he-he-he!... — Ivan Ilitch se sentiu obrigado a rir para o oficial.

O oficial ajeitou a gravata.

— Dizem ainda "deante" — meteu-se o colaborador da *Faísca*. Mas Vossa Excelência fingiu não ter ouvido. Seu riso não era para qualquer um.

— "Deante" em vez de "diante" — acrescentou o "colaborador" com evidente irritação.

Ivan Ilitch olhou para ele com ar severo.

— Deixa para lá — sussurrou Pseldonímov ao colaborador.

— Mas, o que há? Só estou conversando. Será que não se pode falar... — começou a discutir aos sussurros, mas calou-se e, com fúria secreta, saiu da sala.

Foi direto para o atrativo quartinho dos fundos, onde,

desde o começo da noite, havia para os cavalheiros dançantes sobre uma pequena mesinha coberta com uma toalha de Iaroslavl[22] dois tipos de vodca, arenque, caviar fatiado e uma garrafa do mais forte xerez da adega nacional. Com ódio no coração, serviu-se de vodca, quando, de repente, entrou correndo o estudante de medicina de cabelos desgrenhados, principal dançarino do baile de Pseldonímov. Atirou-se ávido à garrafa.

— Agora vão começar! — disse, servindo-se rapidamente. — Venha ver: farei um solo com as pernas para o alto e depois do jantar arriscarei o *peixe*.[23] Será apropriado para o casamento. Será, por assim dizer, uma insinuação amigável a Pseldonímov... Essa Kleopátra Semiónovna é ótima, com ela é possível arriscar qualquer coisa.

— É um reacionário — respondeu de forma sombria o colaborador, bebendo um cálice.

— Quem é reacionário?

— Aquele lá, para quem serviram os doces. Um reacionário, é o que digo!

— Como assim? — balbuciou o estudante, e saiu correndo ao ouvir o refrão da quadrilha.

Sozinho, o colaborador bebeu para ter mais coragem e independência, bebeu e petiscou algo; nunca antes o conselheiro efetivo de Estado Ivan Ilitch tivera tão furioso inimigo e tão implacável vingador como o desleixado colaborador da *Faísca*, especialmente depois de dois cálices de vodca. Desgraça! Ivan Ilitch não suspeitava de nada do gênero. Não suspeitava de uma circunstância importantíssima que influenciaria a relação de todos os convidados com Sua Excelência.

[22] Desde a construção de um moinho de linho em 1722, a cidade de Iaroslavl tornou-se uma grande produtora do tecido. (N. da T.)

[23] Dança popular russa, na qual o solista imita os movimentos de um peixe retirado da água. (N. da T.)

O fato é que, embora ele, de sua parte, tenha dado uma explicação adequada e até detalhada sobre sua presença no casamento de seu subordinado, tal explicação, na realidade, não satisfez a ninguém, e os convidados continuavam desconcertados. De repente, tudo se transformou, como num passe de mágica; todos se tranquilizaram e estavam prontos para a diversão, as gargalhadas, os ganidos e a dança, como se o visitante inesperado absolutamente não estivesse ali. O motivo disso foi o boato, o rumor, a informação, espalhada não se sabe como, de que o visitante, parece... estava "um tanto alto". E apesar de ter parecido, à primeira vista, a mais terrível calúnia, pouco a pouco o rumor como que se tornou justificado, de modo que, súbito, tudo ficou claro. Mais ainda, tudo ficou extraordinariamente desimpedido. Nesse mesmo instante começou a quadrilha, a última antes do jantar, para a qual o estudante de medicina se apressara.

No momento em que Ivan Ilitch teve a intenção de se dirigir novamente à noiva com algum jogo de palavras, o oficial de estatura elevada se aproximou de um salto, apoiando um dos joelhos no chão. Ela imediatamente se levantou do sofá e desapareceu com ele para tomar seu lugar na quadrilha. O oficial sequer pediu licença e ela nem olhou para o general, como se tivesse ficado feliz por ter se livrado dele.

"Ela, aliás, está em seu direito", pensou Ivan Ilitch, "eles desconhecem os bons modos."

— Hum... Porfíri, meu irmão, não faça cerimônia — dirigiu-se a Pseldonímov. — Pode ser que tenha algo... para organizar... ou alguma coisa... por favor, não se acanhe. "Mas o que é, está me vigiando?", acrescentou de si para si.

Não suportava mais Pseldonímov, com seu pescoço comprido e os olhos fixos nele. Em uma palavra, nada, nada disso era esperado, mas Ivan Ilitch estava longe de admiti-lo.

* * *

A quadrilha começou.

— Permita-me, Vossa Excelência — disse Akim Petróvitch segurando respeitosamente uma garrafa nas mãos e preparando-se para servir uma taça para Sua Excelência.

— Eu... eu, na verdade, não sei se...

Mas Akim Petróvitch, com seu reverente e radiante rosto, já servia o champanhe. Depois, como que de modo furtivo, feito um ladrão, crispado e encolhido, encheu uma taça para si, com a diferença de que deixou um dedo a menos, o que foi de certa forma mais respeitoso. Sentado ao lado do chefe, estava como uma mulher em trabalho de parto. Sobre o que poderiam conversar? Tinha a obrigação de entreter Sua Excelência, uma vez que tinha a honra de fazer-lhe companhia. O champanhe foi uma saída e Sua Excelência estava até satisfeito por ter sido servido, não pelo champanhe, que estava quente e uma verdadeira porcaria, mas moralmente satisfeito.

"O próprio velhaco está com vontade de beber", pensou Ivan Ilitch, "mas não ousa fazê-lo sem mim. Não o impedirei... Seria até ridículo deixar a garrafa parada aí no meio."

Deu um gole e aquilo pareceu-lhe melhor do que simplesmente ficar sentado.

— Estou aqui — começou com pausas e ênfases —, estou aqui, por assim dizer, por acaso e, é claro, pode ser que alguém considere... por assim dizer, in-de-cente que eu esteja em tal... reunião.

Akim Petróvitch ficou em silêncio e ouviu com tímida curiosidade.

— Mas espero que entenda o porquê de eu estar aqui... Pois para beber vinho é que não foi. He-he!

Akim Petróvitch queria rir assim como Sua Excelência, mas interrompeu-se e outra vez não disse nada consolador.

— Estou aqui... para, por assim dizer, encorajar... demonstrar, por assim dizer, um objetivo, por assim dizer, moral — continuou Ivan Ilitch, contrariado pela estupidez de Akim Petróvitch, mas acabou ele mesmo se calando. Viu que o pobre Akim Petróvitch até baixou os olhos como se fosse culpado de algo. O general, um pouco atordoado, apressou-se em tomar outro gole, já Akim Petróvitch apanhou a garrafa e serviu novamente, como se isso fosse sua única salvação.

"Tem poucos recursos", pensou Ivan Ilitch, olhando de modo severo para o pobre Akim Petróvitch. Este, pressentindo o olhar severo do general, decidiu calar-se de uma vez e não levantar os olhos. Assim, permaneceram sentados frente a frente por cerca de dois minutos, dois dolorosos minutos para Akim Petróvitch.

Duas palavras sobre Akim Petróvitch. Era manso como uma galinha, um homem da velha guarda, fora criado para ser servil, mas, não obstante, era bom e até nobre. Tinha origem petersburguesa, ou seja, seu pai e o pai de seu pai nasceram, cresceram e trabalharam em Petersburgo e de lá nunca saíram. Trata-se de um tipo muito particular de russo. Não tem quase nenhuma ideia do que seja a Rússia, embora isso não o incomode. Todo seu interesse se restringe a Petersburgo e, principalmente, ao local onde trabalha. Todas as suas preocupações se concentram em jogos de cartas valendo copeques, algumas lojinhas e o ordenado do mês. Não conhecem um costume russo sequer, uma canção russa além de *Lutchínuchka*,[24] e só porque os realejos tocam-na. Aliás, há dois sinais fundamentais e invariáveis pelos quais é possível

[24] Canção popular russa cujo mote é "Lutchína, lutchínuchka de madeira!/ Que luz é a sua, lutchínuchka, que queima e não clareia?" ("*Lutchína, lutchínuchka berezóvaia! Tcho je ti, lutchínuchka, ne iásno górich?*"). *Lutchína* é o nome dado a qualquer lasca de madeira seca utilizada como iluminação por camponeses sem condições de comprar velas ou querosene. (N. da T.)

distinguir um russo verdadeiro de um russo petersburguês. O primeiro consiste em que nenhum russo petersburguês, sem exceção, jamais diz: *Notícias de Petersburgo*, mas sempre *Notícias Acadêmicas*. O segundo e igualmente fundamental sinal consiste em que o russo petersburguês jamais usa a palavra "café da manhã", mas sempre *frichtik*,[25] com especial ênfase na sílaba *fri*. Por meio desses dois sinais básicos e distintivos sempre será possível diferenciá-los; em uma palavra, trata-se de um tipo manso, que se formou em definitivo nos últimos trinta e cinco anos. Akim Petróvitch, contudo, não era nem um pouco idiota. Se o general tivesse perguntado sobre alguma coisa que lhe dissesse respeito, ele teria respondido e seria capaz de continuar a conversa, mas não é adequado a um subordinado responder a tais perguntas, embora Akim Petróvitch estivesse morrendo de curiosidade de saber algo mais sobre as reais intenções de Sua Excelência...

Ivan Ilitch ficou cada vez mais pensativo e com certas ideias recorrentes; absorto, tomava discretos, mas constantes, goles de sua taça. Akim Petróvitch, imediatamente e com o maior zelo, serviu mais. Ambos estavam em silêncio. Ivan Ilitch começou a observar a dança e logo se distraiu. De repente, uma situação chegou a surpreendê-lo...

As danças eram, de fato, alegres. Dançavam com simplicidade nos corações para se alegrarem e até enlouquecerem. Dentre os dançarinos, pouquíssimos eram hábeis, mas os inábeis batiam o pé com tanta força que até podiam ser considerados hábeis. Em primeiro lugar, distinguia-se o oficial: gostava em particular dos números nos quais ficava sozinho, fazia uma espécie de solo. Entortava-se de modo surpreendente, ou seja, ficava reto e, súbito, se inclinava para

[25] Forma russificada de *Frühstück*, palavra alemã para "café da manhã". (N. da T.)

um lado, parecia até que ia cair, mas no passo seguinte se inclinava para o outro lado, no mesmo ângulo em relação ao chão. A expressão de seu rosto era seríssima e ele dançava com plena convicção de que todos estavam maravilhados. Um outro cavalheiro, que faria o segundo número, tendo tomado mais do que podia, caiu no sono ao lado de sua dama antes mesmo da quadrilha, de modo que ela teve de dançar sozinha. O jovem funcionário do registro que havia dançado com a dama de xale azul, em todos os números e em todas as cinco quadrilhas dançadas naquela noite, fazia sempre a mesma brincadeira: ficava um pouco para trás de sua parceira, pegava a ponta do seu xale no ar e, durante a passagem do *vis-a-vis*, dava uns vinte beijos nessa ponta. A dama continuava navegando à frente como se não tivesse notado nada. O estudante de medicina, de fato, fez o solo com as pernas para cima e despertou um entusiasmo frenético, batidas de pés e ganidos de prazer. Em uma palavra, estavam extremamente à vontade. Ivan Ilitch, já sob efeito do vinho, começou a sorrir, mas, aos poucos, certa dúvida amarga começou a se insinuar em sua alma: é claro que gostava muito de desenvoltura e desembaraço, desejou e até ansiou por tal desembaraço quando todos recuaram, mas agora aquilo já começava a passar dos limites. Uma dama, por exemplo, que usava um vestido gasto de veludo azul-escuro, adquirido de quarta mão, durante o sexto número prendeu a roupa com alfinetes, de modo que parecia estar usando calças. Era aquela mesma Kleopátra Semiónova, com a qual pode-se arriscar qualquer coisa, segundo as palavras do seu parceiro, o estudante de medicina. Sobre o estudante de medicina não é preciso dizer nada: era simplesmente um Fokin.[26] Como era pos-

[26] Alusão a um dançarino russo conhecido na época como "o herói do cancan". (N. da T.)

sível? Eles, que estavam tão recuados, agora se emancipavam de uma vez! Parecia não ser nada, mas essa transformação foi um tanto estranha: era indicativa de algo. Era como se tivessem se esquecido da existência de Ivan Ilitch. É claro que ele foi o primeiro a gargalhar e até arriscou aplaudir. Akim Petróvitch riu respeitosamente em uníssono, embora com evidente prazer, aliás, e sem suspeitar de que Sua Excelência já começara a alimentar novas minhocas em sua cabeça.

— É um exímio dançarino, jovem rapaz — Ivan Ilitch foi obrigado a dizer ao estudante, que passou por ele assim que terminou a quadrilha.

O estudante virou-se de forma abrupta em sua direção, fez uma espécie de careta e, aproximando seu rosto do de Sua Excelência a uma distância indecente, cantou feito um galo a plenos pulmões. Isso já era demais. Ivan Ilitch se levantou da mesa. Não obstante, uma gargalhada incontrolável tomou conta do salão, pois a imitação do galo fora realmente muito boa, e a careta, totalmente inesperada. Ivan Ilitch ficou perplexo, quando de repente apareceu o próprio Pseldonímov, que, com uma reverência, chamou a todos para o jantar. Atrás de si, vinha sua mãe.

— Paizinho, Vossa Excelência — disse ela, inclinando-se —, nos dê a honra, não faça pouco de nossa pobreza...

— Eu... eu, palavra, não sei... — começou Ivan Ilitch. — Não foi para isso... eu... já estava de saída...

De fato, já estava segurando o chapéu. Além do mais, naquele mesmo instante prometeu para si mesmo que partiria já, sem falta, que de forma alguma iria ficar, mas... mas acabou ficando. Um minuto depois, ele conduziu a fila de convidados até a mesa. Pseldonímov e sua mãe foram na frente para abrir-lhe caminho. Deram-lhe o lugar de honra, e novamente uma garrafa de champanhe foi colocada junto de seu prato. Serviram a entrada: arenque e vodca. Estendeu o braço, serviu um enorme cálice de vodca para si e bebeu. Nunca antes bebera vodca. Sentiu-se como se rolasse montanha abaixo, como se voasse, voasse, voasse, de modo que precisava se segurar, se agarrar em algo, mas não havia como.

De fato, sua situação se tornava mais e mais excêntrica. Ademais, era como se o destino caçoasse dele. Deus sabe o que se passou com ele durante aquela uma hora. Quando resolveu ir à festa estava, por assim dizer, estendendo os braços para toda a humanidade e para todos os seus subordinados; eis que não se passara nem uma hora e ele, com o coração dolorido, sentia e sabia que odiava Pseldonímov, amaldiçoava esse homem, sua esposa e aquele casamento. Além do mais, percebeu pelo rosto, pelos olhos apenas, que o próprio Pseldonímov o odiava, que o olhava como se dissesse: "Por que não desaparece, maldito? Vem aqui enfiar-se goela abaixo!...". Ele há muito percebera tudo isso em seu olhar.

É claro que Ivan Ilitch, mesmo agora, ao se sentar à mesa, preferiria ter uma mão decepada do que reconhecer honestamente, não apenas em voz alta, mas simplesmente para si mesmo, que tudo era de fato assim. Não havia chegado o momento, ainda existia algum equilíbrio moral. Mas o coração, o coração... como doía! Desejava liberdade, ar, descanso. Ivan Ilitch era mesmo um homem excessivamente bom.

Sabia perfeitamente que há muito deveria ter partido, e não só partido, mas salvado a própria pele. Sabia que as coisas de forma alguma terminariam da maneira como imaginara antes, quando ainda estava na calçada.

"Para que foi que eu vim? Por acaso foi para comer e beber?", perguntou-se, petiscando o arenque. Chegara até a anulação. Sentia a todo instante sua alma agitada pela ironia de sua própria atitude. Ele mesmo já não compreendia por que, na realidade, tinha vindo.

Mas, como ir embora? Simplesmente ir embora, sem ir até o fim, seria impossível. "O que vão dizer? Vão dizer que ando perambulando por lugares indecentes. E daria nisso mesmo, caso ele não fosse até o fim. O que dirão amanhã (pois já terá se espalhado por toda parte), por exemplo, Stepán Nikíforitch, Semión Ivánitch, as pessoas da repartição, os Chembel, os Chubini? Não, é preciso partir de forma que todos saibam para quê vim, é preciso explicitar o objetivo moral..." — entretanto, o momento patético não se apresentou de todo. "Eles sequer me respeitam", continuou. "Do que estão rindo? São tão desembaraçados, como se não tivessem sentimentos... Há muito suspeito que toda a nova geração é desprovida de sentimentos! Preciso ficar, custe o que que custar!.. Já dançaram, agora estão reunidos à mesa... Falarei sobre questões, reformas, sobre a grandeza da Rússia... Ficarão fascinados! Sim! Pode ser que as coisas ainda não estejam perdidas... Pode ser que sempre seja assim na realidade. Por onde começar a chamar-lhes a atenção? Que procedimento adotar? Estou perdido, simplesmente perdido... De que precisam, o que demandam?... Vejo que riem uns para os outros... Será que é de mim, meu Deus? O que eu quero... o que estou fazendo aqui, por que não vou embora, aonde quero chegar?..." Pensou isso e certa vergonha, funda e intolerável, rasgava cada vez mais seu coração.

* * *

Tudo ocorreu assim, uma coisa levou a outra.

Exatamente dois minutos depois de ter se sentado à mesa, um pensamento horrível se apoderou de toda a sua existência. Sentiu que estava terrivelmente bêbado, ou seja, não como antes, mas de forma irremediável. O motivo foi o cálice de vodca, tomado depois do champanhe, que surtiu efeito imediato. Sentiu, percebeu em todo o seu ser que estava ficando irremediavelmente fraco. É claro que a sua coragem tinha aumentado muito, mas sua consciência não o abandonara e gritava: "Ruim, muito ruim, e até totalmente indecente!". É claro que seus pensamentos instáveis de bêbado não conseguiam fixar-se em um ponto: surgiram de repente, de forma palpável para ele, dois lados. De um, havia a coragem, o desejo de vitória, de derrubar os obstáculos e uma confiança desesperada de que ainda alcançaria o seu objetivo. O outro lado revelava um lamento doído na alma e certo aperto no coração. "O que dirão? Como isso vai terminar? Como será amanhã, amanhã, amanhã?..."

Antes tivera como que um vago pressentimento de que entre os convidados ele já tinha até inimigos. "Decerto, isso é porque eu há muito estava bêbado", pensou com dolorosa dúvida. E qual não foi seu horror quando se certificou de fato, por meio de sinais indubitáveis, de que havia inimigos reais à mesa e que já não era possível duvidar disso.

"Mas por quê? Por quê?", pensou.

Havia cerca de trinta convidados à mesa, dentre os quais alguns estavam caindo de bêbados. Outros agiam com certa independência negligente e maligna; gritavam, falavam aos berros, faziam brindes antes da hora, atiravam pedacinhos de pão nas damas. Um sujeito sem-graça que vestia um casaco sebento caiu da cadeira logo depois de ter se sentado e permaneceu assim até o final do jantar. Outro queria de todo jeito subir na mesa para propor um brinde e apenas o oficial, agarrando-o pela casaca, conseguiu refrear seu prematuro entusiasmo. O jantar tinha de tudo, tinham contratado um chefe de cozinha, servo de algum general: havia galantina, língua com batata, almôndega com ervilha, havia, enfim, um ganso e ainda por cima manjar-branco. Entre as bebidas havia cerveja, vodca e xerez. A garrafa de champanhe era apenas para o general, fato que o obrigava a servir a si mesmo e a Akim Petróvitch, o qual antes mesmo do jantar já era incapaz de resolver qualquer coisa por iniciativa própria. Para os brindes, os demais convidados usavam vinho ou o que estivesse à mão. A própria mesa consistia de várias mesas agrupadas, incluindo uma de jogo. Estavam cobertas por várias toalhas, entre as quais uma de tecido colorido de Iaroslavl. Damas e cavalheiros haviam se sentado alternadamente à mesa. A mãe de Pseldonímov não quis se sentar, estava atarefada cuidando de tudo. No entanto, surgiu uma mulher nefasta, que não havia aparecido antes, com vestido avermelhado de seda, um lenço amarrado no queixo e um chapéu muito alto. Ocorre que essa era a mãe da noiva que, enfim, concordara em sair do quarto dos fundos para o jantar. Até então ela não havia saído de lá devido à sua irreconciliável inimizade com a mãe de Pseldonímov; mas sobre isso falaremos depois. Olhava para o general com raiva, com maldade até; era evidente que não queria ser apresentada a ele. A Ivan Ilitch, essa figura pareceu suspeita ao extremo. Além dela, também outras pessoas eram suspeitas e inspiravam receio e inquietação involuntários. Parecia-lhe até que entre eles havia como que uma conspiração justamente contra Ivan Ilitch. Pelo menos essa foi sua impressão, e durante todo o jantar ele se tornou cada vez mais convencido disso. Nefasto era também um senhor de barba, um certo artista independente, que olhou para Ivan Ilitch algumas vezes e depois sussurrou algo ao seu vizinho de mesa. Um dos estudantes estava de fato completamente bêbado, mas mesmo assim, por alguns sinais, foi considerado suspeito. Do estudante de medicina também não esperava boa coisa. Nem o oficial era totalmente de confiança. O colaborador da *Faísca*, contudo, suscitava um ódio especial e evidente: deixou-se cair de tal forma na cadeira, olhava com tamanho orgulho e arrogância, bufava com tamanha falta de consideração! E ainda que os demais convidados não dessem nenhuma atenção ao jornalista, que publicara na *Faísca* apenas quatro versinhos, graças aos quais passou a ser considerado um liberal, era visível que não gostavam dele; de repente, quando uma bolinha de pão caiu perto de Ivan Ilitch, evidentemente jogada na sua direção, ele esteve pronto a apostar a própria cabeça de que o culpado não tinha sido outro senão o colaborador da *Faísca*.

Tudo isso, é claro, tinha um efeito deplorável sobre ele.

Outra observação foi-lhe especialmente incômoda: Ivan Ilitch estava certo de que começava a articular as palavras com dificuldade e sem clareza, queria falar muitas coisas, mas a língua não acompanhava. Depois, começou como que a perder a consciência e, o principal, sem mais nem menos, começou a bufar e a rir; ria a troco de nada. Essa situação logo passou, depois de uma taça de champanhe que Ivan Ilitch serviu para si mas não quis beber, e que de repente entornou como que por acidente. Súbito, depois dessa taça, quase teve vontade de chorar. Sentiu que estava caindo naquela mesma sentimentalidade peculiar; voltou a amar, amar a todos, inclusive Pseldonímov e o colaborador da *Faísca*. Queria abraçar a todos, esquecer tudo e fazer as pazes. Além disso, queria dizer tudo abertamente, tudo, tudo, isto é, o quanto ele era uma pessoa boa, ótima, de talentos extraordinários. Como ainda seria útil à pátria, como sabia entreter as damas e, o principal, como era progressista, com que humanidade era capaz de ser condescendente com todos, até os mais baixos, e enfim, para concluir, queria dizer francamente todos os motivos que o levaram a aparecer na casa de Pseldonímov sem ter sido convidado, beber duas garrafas de champanhe e alegrá-lo com sua presença.

"A verdade, a mais pura verdade e sinceridade antes de tudo! Eu os conquistarei pela sinceridade. Eles acreditarão em mim, vejo com clareza; olham-me com hostilidade, mas quando me abrir por completo, eu os conquistarei de forma irresistível. Eles encherão os cálices e beberão à minha saúde aos gritos. O oficial, estou certo disso, quebrará o cálice na espora. Pode ser até que gritem 'Hurra!'. Mesmo se derem na cabeça de brindar como hussardos, eu não vou me opor, será inclusive muito bom. Beijarei a testa dos noivos;

ela é encantadora. Akim Petróvitch também é boa pessoa. Pseldonímov, decerto, depois vai se emendar. Falta-lhe, por assim dizer, aquele verniz social... E apesar de a nova geração não possuir aquela delicadeza de sentimento, mas... mas eu lhes falarei sobre o propósito contemporâneo da Rússia entre as demais potências europeias. Tratarei da questão camponesa, sim e... e todos vão gostar de mim e eu sairei glorificado!..."

Estes sonhos, é claro, eram muito bons. Ruim, contudo, era o fato de que, entre todas essas esperanças cor-de-rosa, Ivan Ilitch descobriu em si um talento inesperado: o de cuspir. Pelo menos, a saliva começou a sair de sua boca de modo totalmente independente de sua vontade. Percebeu isso em Akim Petróvitch, em cuja bochecha havia respingos que este, por respeito, não ousava limpar. Ivan Ilitch pegou um guardanapo e de repente começou ele mesmo a secá-lo. Mas logo isso lhe pareceu tão absurdo, tão sem sentido que se calou e parou atônito. Embora Akim Petróvitch tivesse terminado sua bebida, permaneceu sentado como se tivesse sido escaldado. Naquele momento, Ivan Ilitch se deu conta de que falara por quase quinze minutos de algum tema interessantíssimo, mas que Akim Petróvitch, enquanto ouvia, parecia não apenas confuso, mas até amedrontado. Pseldonímov, sentado uma cadeira adiante, também esticou o pescoço e, inclinando a cabeça para o lado, ouvia com um aspecto horrível. Era como se, de fato, o estivesse vigiando. Voltou-se para os convidados, viu que muitos olhavam para ele e gargalhavam. Mas o mais estranho é que ele não ficou confuso com isso, ao contrário, tomou outro gole da taça e súbito começou a falar em alto e bom som.

— Estava dizendo! — começou o mais alto possível. — Estava dizendo agora mesmo, senhores, para Akim Petróvitch, que a Rússia... sim, justamente a Rússia... em uma palavra, os senhores compreendem o que quero di-di-di-zer...

Estou plenamente convencido de que a Rússia está passando por um período de hu-hu-hu-manidade...

— Hu-humanidade! — ouviu-se do outro lado da mesa.

— Hu-hu!

— Tu-tu!

Ivan Ilitch interrompeu-se. Pseldonímov se levantou da cadeira e examinou ao redor: quem teria gritado? Akim Petróvitch balançou furtivamente a cabeça como se apelasse à consciência dos convidados. Ivan Ilitch notou isso muito bem, mas calou-se atormentado.

— Humanidade! — continuou, obstinado. — Há pouco... agora mesmo disse a Stepán Niki-ki-kí-forovitch... sim... que... que a renovação, por assim dizer, das coisas...

— Vossa Excelência! — gritaram do outro lado da mesa.

— O que deseja? — respondeu o interrompido Ivan Ilitch, tentando identificar quem havia gritado.

— Absolutamente nada, Vossa Excelência, eu me empolguei, continue! Con-ti-nue! — disse a mesma voz.

Ivan Ilitch estremeceu.

— A renovação, por assim dizer, dessas mesmas coisas...

— Vossa Excelência! — gritou outra vez a mesma voz.

— Pois não?

— Como vai?

Dessa vez, Ivan Ilitch não se conteve. Interrompeu seu discurso e dirigiu-se ao ofensor e perturbador da ordem. Tratava-se de um estudante muito jovem que tinha bebido um pouco demais e despertava enorme suspeita. Há muito estava bradando e até quebrara um copo e dois pratos, afirmando que num casamento é assim que se deve agir. Naquele minuto, quando Ivan Ilitch virou-se para ele, o oficial começou a repreender o gritalhão.

— O que é que há? Por que está berrando? Vai acabar sendo enxotado!

— Não era com o senhor, Vossa Excelência, não era com o senhor! Continue! — gritou o estudante com empolgação, refestelando-se na cadeira. — Continue, eu estou ouvindo e estou muito, mas muito con-ten-te! Lou-vá-vel, lou-vá-vel!

— O moleque está bêbado! — sussurrou Pseldonímov.

— Vejo que está bêbado, mas...

— Estava contando um caso muito engraçado, Vossa Excelência! — começou o oficial. — Sobre um tenente do nosso destacamento que falou exatamente assim com o chefe, e o rapaz aqui estava agora o imitando. A cada palavra do chefe ele sempre dizia: "lou-vá-vel, lou-vá-vel"! Acabou sendo expulso do serviço dez anos atrás por esse motivo.

— Qu-que tenente era esse?

— Do nosso destacamento, Vossa Excelência, enlouqueceu com esse "louvável". No começo foi punido com medidas brandas, depois foi preso... O chefe o punia como um pai, e ele respondia: "lou-vá-vel, lou-vá-vel"! O estranho é que o oficial era valente, tinha nove verstas de altura. Queriam levar o caso à Justiça, mas notaram que se tratava de um demente.

— Quer dizer... um estudante. Não se deve ser tão duro com essas criancices... De minha parte, estou disposto a perdoar...

— Os médicos atestaram, Vossa Excelência.

— Como é? Dis-se-caram?

— Por Deus, mas ele estava vivo.

O salão foi tomado pela gargalhada sonora e generalizada dos convidados, que até então se portavam de forma cerimoniosa. Ivan Ilitch se enfureceu.

— Senhores, senhores! — gritou, quase gaguejando. — Estou em plenas condições de perceber que não se dissecam vivos. Sugeri que, na condição de demente, ele já não estava vivo... ou seja, estava morto... quero dizer... vocês não me amam... Enquanto eu amo todos vocês... sim, e amo Por... Porfíri... Estou me humilhando ao dizer isso...

Nesse momento, uma quantidade enorme de saliva saiu da boca de Ivan Ilitch e caiu sobre a toalha da mesa no local mais visível. Pseldonímov apressou-se em limpar com um guardanapo. Essa última desgraça abateu o orador definitivamente.

— Senhores, isso já é demais! — gritou em desespero.

— Está bêbado, Vossa Excelência — sussurrou novamente Pseldonímov.

— Porfíri! Vejo que o senhor... todos... sim! Digo que espero... sim, desafio todos a dizerem: com o que me humilhei?

Ivan Ilitch estava quase chorando.

— Vossa Excelência, por Deus!

— Porfíri, apelo a você... Diga, se eu vim... sim... sim, ao casamento, eu tinha um objetivo. Queria elevar moralmente... queria que sentissem. Dirijo-me a todos: estou ou não estou extremamente humilhado diante dos seus olhos?

Silêncio sepulcral. Foi exatamente isso: um silêncio sepulcral, ainda mais diante de uma pergunta tão direta. "E se eles, e se eles neste momento gritassem?", passou pela cabeça de Sua Excelência. Mas os convidados apenas se entreolharam. Akim Petróvitch se sentou, mais morto do que vivo; já Pseldonímov, emudecido de horror, repetiu para si a terrível questão que antes se lhe apresentara: "Como será amanhã?". De repente, o colaborador da *Faísca*, já muito bêbado, mas que até então permanecia em sorumbático silêncio, dirigiu-se a Ivan Ilitch e com olhos reluzentes começou a falar em nome de todo o grupo.

— Sim! — começou a gritar alto. — Sim, o senhor se humilhou; sim, o senhor é um reacionário... Re-a-cio-ná-rio!

— Rapaz, recomponha-se! Com quem o senhor, por assim dizer, pensa que está falando? — gritou com violência Ivan Ilitch, levantando-se novamente.

— Com o senhor, e, em segundo lugar, não sou um rapaz... O senhor veio fazer pose e buscar popularidade.

— Pseldonímov, o que significa isto? — gritou Ivan Ilitch.

Mas Pseldonímov deu um salto horrorizado e ficou parado feito um poste, absolutamente sem saber o que fazer. Os convidados também ficaram mudos em seus lugares. Apenas o artista e o estudante aplaudiram e gritaram: "Bravo, bravo!".

O colaborador continuou a gritar com fúria incontida:

— Sim, o senhor apareceu para se gabar de sua humanidade! Atrapalhou a alegria de todos. Bebeu champanhe sem se dar conta de como ele custa caro para um funcionário que recebe dez rublos por mês de ordenado, e suspeito que o senhor é um daqueles chefes que cobiçam as jovens esposas de seus subordinados! Além do mais, estou certo de que o senhor apoia o arrendamento...[27] Sim, sim, sim!

— Pseldonímov, Pseldonímov! — gritou Ivan Ilitch, estendendo-lhe as mãos. Sentiu cada palavra do colaborador como uma punhalada no seu coração.

— Agora mesmo, Vossa Excelência, não se preocupe! — gritou energicamente Pseldonímov, que correu até o colaborador, agarrou-lhe pelo colarinho e expulsou-o da mesa. Não era de se esperar tamanha força física do franzino Pseldonímov. O fato é que o colaborador estava muito bêbado, enquanto Pseldonímov estava totalmente sóbrio. Deu-lhe alguns murros nas costas e o empurrou porta afora.

[27] Sistema pelo qual o governo, mediante o pagamento de uma determinada quantia, confere a uma pessoa o direito de recolher impostos. Sua prática ocorreu até as reformas realizadas por Alexandre II, na década de 1860. (N. da T.)

— São todos uns canalhas! — gritou o colaborador. — Farei caricaturas de todos vocês amanhã na *Faísca*!...

Todos se ergueram de um salto.

— Vossa Excelência, Vossa Excelência! — gritaram Pseldonímov, sua mãe e alguns dos convidados, aglomerados em torno do general. — Vossa Excelência, acalme-se!

— Não, não! — gritou o general. — Estou acabado... Vim até aqui... Queria, por assim dizer, abençoar. E vejam o que recebo em troca, vejam só!

Deixou-se cair na cadeira, como que inconsciente, colocou as mãos na mesa e inclinou a cabeça sobre elas, bem em cima do prato de manjar-branco. Desnecessário descrever o horror geral. Um instante depois se levantou claramente com a intenção de partir, cambaleou, tropeçou no pé da cadeira, caiu com toda a força no chão e começou a roncar.

Isso acontece com aqueles que não bebem, quando, por acaso, acabam tomando umas doses a mais. Conservam a consciência até o último traço, até o último instante e, de um momento para outro, desabam. Ivan Ilitch estava no chão, totalmente inconsciente. Pseldonímov entrou em desespero e ficou petrificado com a situação. Os convidados logo começaram a se dispersar, cada um a seu modo comentando o ocorrido. Já eram quase três da manhã.

* * *

O mais importante é que as condições de Pseldonímov eram muito piores do que se poderia ter imaginado, apesar de sua nada agradável situação atual. Enquanto Ivan Ilitch está deitado no chão e Pseldonímov, curvado sobre ele, arranca os cabelos de desespero, vamos interromper o curso que escolhemos para esta narrativa para dizer algumas palavras de esclarecimento sobre Porfíri Petróvitch Pseldonímov.

Menos de um mês antes de seu casamento, ele estava irrecuperavelmente destruído. Vinha de uma província onde seu pai trabalhou, não se sabe em quê, nem quando, e onde morreu sendo acusado na Justiça. Quando, cinco meses antes do casamento, vivendo já há um ano na miséria em Petersburgo, conseguiu seu emprego de dez rublos, renasceu de corpo e alma, mas logo a situação piorou de novo. Restavam apenas dois Pseldonímovs no mundo, ele e a mãe, que havia deixado a província depois da morte do marido. Mãe e filho sofreram juntos no frio e se alimentaram de coisas duvidosas. Havia dias em que o próprio Pseldonímov ia com sua caneca até o rio Fontanka buscar água para beber. Quando conseguiu um emprego, deu um jeito de arrumar um canto para viver com a mãe. Ela trabalhava como lavadeira, enquanto ele juntou as economias de uns quatro meses para comprar um par de botas e um capotezinho. E quanta desgraça teve de aguentar no escritório: o chefe vinha lhe perguntar há quanto tempo não tomava banho. Corria o boato de que por baixo do colarinho de seu uniforme havia um ninho de insetos. Mas Pseldonímov tinha um caráter forte. Parecia pacífico e calmo, tinha pouquíssimo estudo, quase nunca falava. Não sei ao certo se conjecturava, se fazia planos e teorias, se sonhava com algo. Mas, por outro lado, produziu-se nele certa determinação instintiva, sólida e inconsciente, de sair daquela situação desagradável. Tinha a persistência das formigas: se o ninho é destruído, elas imediatamente começam a reconstruí-lo, se for outra vez destruído, começam tudo de novo, e assim por diante, incansavelmente. Era uma criatura da construção e do lar. Estava escrito em sua testa que ele conseguiria encontrar seu caminho, construir seu ninho e, quiçá, acumular uma reserva. Somente a mãe o amava no mundo todo, e o amava incondicionalmente. Era uma mulher rígida, infatigável, trabalhadora, mas, ao mesmo tempo, bondosa. Teriam vivido ainda naquele canto talvez uns cinco ou seis anos, até que a situação melhorasse, não fosse o fato de ter encontrado o conselheiro titular aposentado Mlekopitáiev, ex-tesoureiro que antigamente trabalhava em algum lugar da província e nos últimos tempos se estabelecera em Petersburgo com a família. Conhecia Pseldonímov e devia algum favor a seu pai. Tinha um dinheirinho, não muito, é claro, mas algum; quanto exatamente, ninguém sabia, nem a esposa, nem a filha mais velha, nem os parentes. Tinha duas filhas e, como era um déspota terrível, um bêbado, um tirano do lar e, acima de tudo, um homem doente, teve a ideia de dar a filha em casamento a Pseldonímov: "Eu o conheço, seu pai era um bom homem, então o filho também será". Assim quis Mlekopitáiev, assim fez; dito e feito. Era um déspota muito estranho. Passava a maior parte do tempo sentado numa poltrona, pois perdera o movimento das pernas devido a alguma doença que não o impedia, contudo, de beber vodca. Passava dias inteiros bebendo e xingando. Era um homem mau, precisava ter sempre alguém para atormentar incessantemente. Para tanto, mantinha por perto alguns parentes distantes: uma irmã, doente e rabugenta, duas cunhadas, também más e linguarudas, e uma tia velha, que, não se sabe por que, tinha uma costela quebrada. Mantinha também uma mulher, uma alemã russificada, por causa de seu talento para contar as histórias das *Mil e uma noites*. Todo o seu prazer consistia em espicaçar todas essas parasitas infelizes, xingá-las constantemente de todos os nomes, embora elas, inclusive a esposa, que nascera com dor de dente, não ousassem dizer uma palavra sequer. Fazia com que brigassem entre si, inventava e espalhava fofocas, e depois ria e se alegrava ao ver que elas por pouco não se engalfinhavam. Encheu-se de contentamento quando sua filha mais velha, que vivera cerca de dez anos na miséria com seu marido, um oficial qualquer, finalmente enviuvou e se mudou para sua casa com os três filhos pequenos e doentes. Não suportava as crianças, mas já que o aparecimento delas fez aumentar o material para a realização de seus experimentos diários, o velho ficou muito satisfeito. Esse monte de mulheres más, crianças doentes e seu torturador viviam amontoados em uma casa de madeira no Lado Petersburgo; eram subnutridos, pois o velho sovina dava-lhes somente copeques, embora não economizasse na vodca; dormiam pouco, pois o velho sofria de insônia e exigia ser entretido. Em uma palavra, todos viviam na miséria e amaldiçoavam seus destinos. Foi mais ou menos nessa época que Mlekopitáiev percebeu Pseldonímov. Ficou impressionado com seu nariz comprido e seu aspecto submisso. Sua filha mais nova, franzina e sem-graça, tinha completado então dezessete anos. Embora tivesse frequentado uma escola alemã, não conseguira aprender quase nada além de alguns rudimentos. Cresceu tuberculosa e esquálida, debaixo da bengala do pai aleijado e bêbado, numa barafunda de fofocas domésticas, bisbilhotice e calúnias. Nunca teve amigas, nem inteligência. Há muito queria se casar. Na presença de outras pessoas, ficava muda; em casa, junto da mãe e das agregadas, era má e irritante como uma verruma. Gostava especialmente de beliscar e bater nos filhos da irmã com uma marretinha, acusava-os de surrupiar açúcar ou pão, de modo que entre ela e a irmã mais velha existia uma briga infinita e implacável. O próprio velho a ofereceu a Pseldonímov. Apesar de viver na miséria, este pediu algum tempo para pensar. Ele e a mãe refletiram longamente. Mas a noiva viria com uma casa que, embora fosse de madeira, só de um andar e caindo aos pedaços, de todo modo valia alguma coisa. Além disso, receberia quatrocentos rublos — quando é que ele iria conseguir juntar tudo isso sozinho? "Por que estou trazendo este homem para casa?" — gritava o déspota bêbado. — "Em primeiro lugar, porque vocês são todas mulheres, e eu estou farto de estar rodeado só por mulheres. Quero que Pseldonímov dance conforme a minha música, pois sou seu benfeitor. Em segundo lugar, porque sei que vocês não querem e estão com raiva. Então, farei só para contrariá-las. É o que digo e o que vou fazer! Quanto a você, Porfíri, bata nela quando for sua esposa; ela é possuída por sete demônios desde o nascimento. Expulse todos, arrumarei uma bengala...”

Pseldonímov manteve-se calado, mas já havia tomado sua decisão. Ele e a mãe foram recebidos na casa ainda antes da cerimônia, tomaram banho, receberam roupas, calçados e dinheiro para o casamento. É possível que o velho os protegesse só porque toda a família tinha raiva deles. Até gostava da mãe de Pseldonímov, de modo que se continha e não a espicaçava. Contudo, fez com que Pseldonímov dançasse como um cossaco uma semana antes do casamento. “Basta, queria apenas ver se não esqueceria os passos na minha frente” — disse ao final. Deu dinheiro suficiente apenas para o casamento e convidou todos os seus parentes e conhecidos. Da parte de Pseldonímov havia apenas o colaborador da *Faísca* e Akim Petróvitch, convidado de honra. Pseldonímov sabia muito bem que a noiva nutria repulsa por ele e queria na verdade se casar com o oficial. Mas ele suportava tudo, pois tal era o seu acordo com a mãe. No dia do casamento, o velho passou o tempo todo xingando com palavras desagradáveis e se embebedando. A família toda, por ocasião do casamento, se refugiou nos quartos dos fundos e ficou lá apinhada até cheirar mal. Já os cômodos da frente foram destinados ao baile e ao jantar. Enfim, quando, perto das onze horas, o velho caiu no sono completamente bêbado, a mãe da noiva, que naquele dia estava particularmente irritada com a mãe de Pseldonímov, resolveu substituir a raiva pela gentileza e juntar-se aos demais no baile e no jantar. O aparecimento de Ivan Ilitch deixou tudo de cabeça para baixo. Mlekopitáieva ficou confusa, ofendida e começou a xingar, pois não havia sido informada de que o general tinha sido convidado. Asseguraram-na de que ele tinha vindo por conta própria, sem ser chamado, mas ela era tão estúpida que não queria acreditar. Era preciso conseguir champanhe. A mãe de Pseldonímov tinha apenas um rublo, Pseldonímov nem sequer um copeque. Foi preciso humilhar-se para a velha Mlekopitáieva e pedir-lhe dinheiro para uma garrafa e depois para outra. Falaram de futuras relações de trabalho, de carreira, imploraram. Por fim, deu algo do seu próprio dinheiro, mas obrigou Pseldonímov a tomar vinho com fel,[28] de forma que ele o tempo todo corria para o quarto, onde estava preparado o leito nupcial, agarrava-se pelo cabelo em silêncio e jogava-se de cabeça na cama que havia sido designada para o desfrute celestial, trêmulo de uma raiva impotente. Sim! Ivan Ilitch não sabia quanto custaram as duas garrafas de Jackson que bebera naquela noite. Qual não foi o horror, a angústia e até o desespero de Pseldonímov, quando o caso com Ivan Ilitch terminou daquela forma inesperada. Imaginou outra vez a confusão, as lágrimas e os ganidos da noiva caprichosa que atravessariam a noite, e a condenação de seus estúpidos familiares. Mesmo sem isso, sua cabeça já doía e os olhos estavam encobertos por fumaça e escuridão. Ali estava Ivan Ilitch precisando de ajuda, era necessário chamar um médico ou uma caleça às três da manhã para levá-lo para casa, uma caleça sem falta, pois um cocheiro qualquer não conseguiria levar para casa uma pessoa naquela condição. Mas onde conseguir dinheiro para a caleça? Mlekopitáieva, enfurecida com o fato de o general não ter falado com ela nem duas palavras e sequer ter-lhe dirigido o olhar durante o jantar, disse que não tinha nem um copeque. É possível que não tivesse mesmo. Onde conseguir? O que fazer? Sim, havia motivo para arrancar os cabelos.

* * *

[28] Referência ao Evangelho de Mateus, 27: 34. (N. da T.)

Nesse meio tempo, Ivan Ilitch foi levado para um pequeno sofá de couro que ficava na sala de jantar. Enquanto desfaziam a mesa, Pseldonímov saiu por todos os cantos para arranjar dinheiro emprestado, chegou mesmo a pedir para os empregados, mas ninguém tinha nada. Até se arriscou a incomodar Akim Petróvitch, que ficara mais do que os outros. Mas este, embora fosse um homem bom, ao ouvir falar em dinheiro, ficou tão perplexo e assustado que soltou as mais inesperadas asneiras.

— Outra hora, com prazer — resmungou —, mas agora... palavra, me desculpe...

Então, pegou seu chapéu e saiu correndo. Apenas o jovem de bom coração que falara sobre o dicionário de sonhos serviu para alguma coisa, e mesmo assim fora de propósito. Ele também ficou mais do que os outros e demonstrou compaixão pelos infortúnios de Pseldonímov. Enfim, Pseldonímov, sua mãe e o jovem decidiram em comum acordo não chamar um médico, mas uma caleça e mandar o doente para casa; enquanto isso, experimentaram alguns remédios caseiros, como umedecer suas têmporas e a cabeça com água fria, colocar gelo etc. A mãe de Pseldonímov ficou encarregada disso, o jovem correu para buscar a caleça. Como no Lado Petersburgo já não havia àquela hora nem mesmo um cocheiro qualquer, ele foi até a hospedaria para acordar os cocheiros. Negociaram, disseram que cinco rublos por uma caleça àquela hora era pouco. Acabaram, contudo, aceitando três rublos. Mas quando, quase às cinco, o jovem chegou com a caleça à casa de Pseldonímov, eles já tinham há muito mudado de ideia. Ocorre que Ivan Ilitch, ainda inconsciente, ficara tão mal, gemia e se agitava tanto que carregá-lo e levá-lo para casa naquelas condições seria totalmente impossível e até arriscado.

— No que isto vai dar? — disse Pseldonímov, desalentado. O que poderia ser feito? Surgiu uma nova questão. Se fosse para deixar o doente ali mesmo, para onde transferi-lo e onde colocá-lo? A casa tinha só duas camas: uma enorme, de casal, na qual dormia o velho Mlekopitáiev com a esposa, e outra, recém-comprada, em formato de noz, também de casal, destinada aos noivos. Todos os demais residentes, ou melhor dizendo, as demais residentes da casa dormiam no chão, enfileiradas em colchões de penas já meio estragados e fedidos, totalmente inadequados e em número insuficiente, ou seja, nem isso havia. Onde colocar o doente? Talvez encontrassem um colchão de penas, podiam em último caso tirar de alguém, mas onde e sobre o que iriam estender? Seria preciso que fosse na sala, pois era o cômodo mais distante do seio da família e tinha uma saída própria. Mas sobre o que estender? Sobre cadeiras? Sabe-se que somente escolares estendem o colchão em cadeiras quando vão para casa passar o fim de semana e, para uma figura como Ivan Ilitch, isso seria muito desrespeitoso. O que ele diria no dia seguinte, ao ver-se deitado sobre cadeiras? Pseldonímov não queria nem ouvir falar nisso. Restava apenas uma alternativa: transferi-lo para o leito nupcial. Esse leito nupcial, como já dissemos, foi construído num quartinho pequeno bem ao lado da sala de jantar. Sobre a cama havia um colchão de casal, não reformado, mas novo, lençóis limpos, quatro travesseiros revestidos com linho rosa e babados de musselina. A colcha era de cetim rosa e bordada. Do círculo dourado que pendia acima, descia um véu de musselina. Em uma palavra, tudo como deve ser; quase todos os convidados estiveram no quarto e elogiaram a decoração. Embora a noiva não suportasse Pseldonímov, ao longo da noite correu furtivamente até o quarto alguma vezes para admirá-lo. Qual não foi sua indignação, sua fúria, quando soube que queriam levar para lá um doente acometido por um ataque de disenteria! A mãezinha da noiva saiu em sua defesa, discutiu, prometeu queixar-se com o marido no dia seguinte, mas Pseldonímov foi firme e insistiu — Ivan Ilitch foi transferido para lá e os noivos se acomodaram na sala, sobre cadeiras. A jovem choramingou, quis dar beliscões, mas não teve coragem de desobedecer: seu paizinho tinha uma bengala que ela conhecia muito bem e sabia que no dia seguinte ele exigiria um relato detalhado do caso. Para seu consolo, levaram para a sala a colcha cor-de-rosa e os travesseiros com babados de musselina. Nesse minuto, chegou o jovem com a caleça; quando soube que ela já não era necessária, ficou terrivelmente alarmado. Teve de pagar ele mesmo, embora não tivesse sequer uma moeda de dez copeques. Pseldonímov disse que estava totalmente falido. Tentaram convencer o cocheiro. Mas ele se exaltou e até bateu na janela. Como isso terminou, não sei ao certo. Parece que levaram o jovem na caleça como refém para Peskí, no número 4 da rua Rojdiéstvenski, onde ele esperava acordar um estudante que passara a noite na casa de conhecidos, para ver se ele tinha dinheiro. Já eram seis da manhã quando o casal conseguiu ficar a sós, fechados na sala. A mãe de Pseldonímov passou a noite ao lado da cama do enfermo. Acomodou-se no chão, num tapetinho, cobriu-se com um casaquinho de pele, mas não conseguiu dormir, pois era obrigada a levantar-se a todo minuto: Ivan Ilitch sofria de um terrível desarranjo estomacal. Pseldonímova, uma mulher corajosa e generosa, despiu-o ela mesma, tirou-lhe toda a roupa, cuidou dele como se fosse seu filho e passou a noite levando vasilhas para fora e trazendo-as de volta. Não obstante, os infortúnios daquela noite ainda estavam longe de terminar.

* * *

Não se passaram nem dez minutos desde que o casal conseguira ficar a sós na sala, quando, súbito, ouviu-se um grito lancinante, não de alegria, mas do tipo mais terrível. Em seguida, ouviu-se um barulho, um estalo, como se cadeiras tivessem caído; num átimo, correu para o cômodo ainda escuro uma multidão de mulheres atônitas e assustadas, vestidas com todo tipo de camisola: a mãe da noiva, sua irmã mais velha, que naquele momento largara os filhos doentes, e três tias, mesmo a que tinha uma costela quebrada se arrastou para lá. Até o cozinheiro apareceu; a agregada alemã contadora de histórias, cujo colchão de penas, o melhor da casa e sua única propriedade, fora-lhe arrancado à força para ser cedido aos noivos, também se juntou aos demais. Todas essas honradas e perspicazes mulheres saíram às cinco da manhã da cozinha na ponta dos pés, atravessaram o corredor e foram até a antessala para bisbilhotar, consumidas pela mais inexplicável curiosidade. Enquanto isso, alguém logo acendeu uma vela e todos puderam ver o inesperado espetáculo. As cadeiras que sustentavam o enorme colchão de penas só nas extremidades não aguentaram o peso e saíram voando uma para cada lado, e o colchão caiu no meio delas. A jovem choramingou de raiva, desta vez estava sinceramente ofendida. Moralmente destruído, Pseldonímov ficou parado feito um criminoso pego em flagrante. Ele nem tentou se justificar. De todos os lados soavam exclamações e gemidos. A mãe de Pseldonímov apareceu correndo no meio da confusão, mas dessa vez a mãe da noiva saiu na frente. Inicialmente encheu Pseldonímov de acusações estranhas e, na maior parte, injustas — como: "Que tipo de marido é você, paizinho, depois dessa? Para que vai servir, paizinho, depois dessa desonra?" etc.; enfim, pegou a filha pelo braço e levou-a para longe do marido, tomando para si a responsabilidade diante do terrível pai, que no dia seguinte exigiria uma explicação. Atrás dela saíram todos, atônitos e balançando a cabeça. Apenas a mãe permaneceu com Pseldonímov, tentando consolá-lo. Mas ele logo a afastou.

Estava inconsolável. Foi até o sofá e se sentou na mais taciturna meditação, do jeito que estava, ou seja, descalço e apenas com a roupa de baixo. Os pensamentos se cruzavam e se confundiam em sua cabeça. Às vezes, como que mecanicamente, olhava ao redor daquele quarto onde não fazia muito os convidados dançavam alegres, em cujo ar ainda havia fumaça de cigarro. Pontas de cigarro e papéis de bala ainda estavam espalhados pelo chão sujo e emporcalhado. O leito de núpcias arruinado e as cadeiras reviradas eram provas da fragilidade dos melhores e mais seguros sonhos e esperanças terrestres. Permaneceu sentado por quase uma hora. Os pensamentos mais graves vinham-lhe à cabeça — como: o que aconteceria no trabalho? Reconheceu a duras penas que teria que mudar de emprego a qualquer custo, pois seria impossível permanecer no antigo depois de tudo o que acontecera naquela noite. Pensou também em Mlekopitáiev, que talvez no dia seguinte o obrigaria a dançar como um cossaco para testar sua docilidade. Deu-se conta de que, embora Mlekopitáiev tivesse dado cinquenta rublos para a festa, os quais foram gastos até o último copeque, os quatrocentos rublos de dote ainda não tinham sido entregues e não houvera nenhuma menção a esse respeito. Além disso, a casa ainda não havia sido passada para o seu nome. Pensou na esposa, que o abandonara no momento mais crítico de sua vida, e no oficial alto que se ajoelhou diante dela. Isso ele já tinha percebido; pensou nos sete demônios que possuíam sua esposa, segundo informações de seu próprio pai, e sobre a bengala feita para expulsá-los... É claro que sentia que era capaz de aguentar muita coisa, mas o destino lhe reservara tais surpresas que, enfim, era possível duvidar de suas próprias forças.

Assim se afligia Pseldonímov. Enquanto isso, a vela se apagava. Sua luz tremulante iluminava o perfil de Pseldonímov e projetava na parede uma enorme sombra de seu pescoço alongado, do nariz aquilino e de dois tufos de cabelo que saíam da testa e da nuca. Afinal, quando o ar fresco da manhã começou a soprar, ele se levantou com a alma congelada e entorpecida, foi até o colchão de penas que estava entre as cadeiras e, sem arrumar nada, sem apagar a vela, e sem ao menos colocar um travesseiro embaixo da cabeça, arrastou-se de quatro para a cama e dormiu um sono de chumbo, de morte, como deve ser o sono de um condenado a um castigo em praça pública.

* * *

Por outro lado, o que poderia se comparar àquela noite agonizante que passara Ivan Ilitch Pralínski no leito de núpcias do infeliz Pseldonímov? Durante certo tempo, a dor de cabeça, o vômito e outros sintomas extremamente incômodos não o abandonaram por um minuto sequer. Foi um sofrimento infernal. A consciência, ainda que apenas vislumbres dela, iluminava abismos de horror, imagens tão sombrias e detestáveis que seria melhor não ter voltado a si. Aliás, tudo ainda se confundia em sua cabeça. Reconhecia, por exemplo, a mãe de Pseldonímov, ouviu seus gentis sermões: "Tenha paciência, meu querido, tenha paciência, paizinho, vai acabar se acostumando", reconhecia, mas não era capaz de dar para si mesmo uma explicação lógica do motivo pelo qual ela estava ao seu lado. Teve visões repulsivas, principalmente de Semión Ivánitch, mas, olhando fixamente, percebeu que não se tratava dele, mas do nariz de Pseldonímov. Apareceram diante dele o artista independente, o oficial, a velha com o pano amarrado no rosto. O que mais o distraía era o anel dourado que pendia acima de sua cabeça, no qual estava pendurado o véu. Discernia-o claramente na luz tênue da vela que iluminava o quarto, e matutava: para que serve esse anel, por que está aqui, o que significa? Questionou algumas vezes a velha a esse respeito, mas obviamente acabou dizendo não o que desejava, já que ela, por mais que ele tentasse explicar, não compreendia. Enfim, já pela manhã, os sintomas cessaram e ele caiu no sono, um sono profundo, sem sonhos. Dormiu por cerca de uma hora e, quando acordou, já tinha quase recobrado a consciência por completo; sentiu uma dor de cabeça insuportável e um gosto desagradável na boca e na língua, que mais parecia um pedaço de pano. Sentou-se na cama, olhou ao redor e ficou pensativo. Em listras finas, a luz branca do dia que principiava entrava por uma fresta da janela e tremulava na parede. Era perto das sete da manhã. Mas quando Ivan Ilitch de repente percebeu e se lembrou de tudo o que lhe acontecera desde a noite anterior, quando se lembrou de todas as aventuras no jantar, de seu grande feito frustrado, de seu discurso à mesa; quando, com terrível clareza, se deu conta de tudo o que poderia suceder agora, tudo o que os outros iriam dizer e pensar sobre ele; quando olhou ao redor e viu, enfim, a triste e horrível situação em que deixara o plácido leito nupcial de seu subordinado, oh!, sentiu tamanha vergonha mortal, tanto sofrimento em seu coração, que gritou, cobriu o rosto com as mãos e, em desespero, atirou-se no travesseiro. Um minuto depois, levantou-se da cama e viu sobre a cadeira suas roupas arrumadas e limpas, pegou-as e começou a se enfiar nelas às pressas, olhando ao redor e temendo algo. Sobre outra cadeira estava seu casaco de pele, o chapéu e, dentro dele, suas luvas amarelas. Queria escapar de mansinho. De repente, a porta se abriu, a velha de Pseldonímov entrou com uma jarra de barro e uma bacia. Sobre o ombro, trazia uma toalha. Colocou a bacia e, sem delongas, anunciou que ele precisava sem falta se lavar.

— Então, paizinho, lave-se, não pode deixar de se lavar...

Nesse instante, Ivan Ilitch percebeu que, se existia, no mundo todo, uma criatura que ele não poderia temer e diante da qual ele não poderia se envergonhar, essa criatura era justamente aquela velha. Ele se lavou. Muito tempo depois, nos momentos difíceis de sua vida, ele se lembraria, entre outros motivos de remorso, de todas as circunstâncias daquele despertar, daquela jarra de barro; da bacia de louça com água fria, onde ainda boiavam pedras de gelo; do sabão envolto em papel cor-de-rosa, oval e com algumas letras gravadas, que custara quinze copeques e evidentemente fora comprado para os noivos, mas que acabou indo parar nas mãos de Ivan Ilitch; da velha com a toalha de linho sobre o ombro esquerdo. A água fria o refrescou, ele se secou e, sem dizer palavra, sem ao menos agradecer sua irmã de misericórdia, pegou o chapéu, colocou sobre os ombros o casaco de pele entregue por Pseldonímova, atravessou o corredor, passou pela cozinha, onde o gato miava e a cozinheira, sentada na cama, o acompanhou com os olhos com ávida curiosidade, correu para o pátio, depois para a rua e chamou um cocheiro que passava. A manhã estava glacial, um nevoeiro amarelado e gélido encobria as casas e todas as coisas. Ivan Ilitch levantou o colarinho. Achava que todos estavam olhando para ele, que todos sabiam quem era e o reconheciam...

* * *

Passou oito dias sem sair de casa e sem aparecer no trabalho. Estava doente, terrivelmente doente, porém mais no sentido moral do que físico. Viveu um verdadeiro inferno durante esses oito dias, os quais devem ter sido computados em sua conta no outro mundo. Houve momentos em que, palavra, pensou em virar monge. Até sua imaginação começou a divagar nessa ocasião. Imaginava canções tranquilas, subterrâneas, um caixão aberto, uma cela solitária, florestas e cavernas; mas quando despertava, logo percebia que tudo não passava de um absurdo horrível do qual se envergonhava. Em seguida, começaram os ataques morais sobre sua *existence manquée*. Depois, a vergonha inflamava sua alma, tomava-o de uma vez, consumia-o e abria as feridas. Escorchava-se ao vislumbrar imagens variadas. O que dirão dele? O que pensarão? Como entrará no escritório? Que cochichos o irão perseguir por um ano inteiro? Por dez anos? Pela vida toda? A história entraria para a posteridade. Às vezes, sentia tamanha pusilanimidade que estava disposto a ir até Semión Ivánovitch para pedir seu perdão e amizade. Não chegava a se justificar, mas censurava a si mesmo de uma vez por todas: não encontrava justificativas para o que fez e se envergonhava até de tentar.

Pensava em se aposentar de imediato e, recluso, simplesmente se dedicar à felicidade humana. Em todo caso, era preciso mudar logo todo seu círculo de convivência e até erradicar toda lembrança de si. Em seguida, ocorreu-lhe que isso também era absurdo e que agindo de forma mais rígida com os subordinados tudo ainda se acertaria. Assim, criou esperança e ânimo. Enfim, passados oito dias de dúvidas e sofrimentos, sentiu que não conseguia mais aguentar a incerteza, e *un beau matin*[29] decidiu ir ao escritório.

Antes, quando ainda estava em casa, melancólico, imaginou mil vezes como entraria lá. Tinha a terrível convicção de que ouviria cochichos ambíguos pelas costas, veria expressões ambíguas, colheria sorrisos maliciosos. Qual não foi a sua surpresa quando, na realidade, nada disso aconteceu. Receberam-no com respeito, fizeram-lhe reverências, todos estavam sérios, ocupados. Seu coração se encheu de alegria enquanto se dirigia à sua sala.

Iniciou os trabalhos com a maior seriedade, ouviu alguns relatórios e explicações, tomou decisões. Sentia que nunca raciocinara e decidira coisas com tanta inteligência e sensatez como naquela manhã. Viu que estavam satisfeitos, que o tinham em alta conta e o respeitavam. O sujeito mais cismado e melindroso não teria sido capaz de notar nada. O trabalho corria maravilhosamente.

[29] "Uma bela manhã", em francês no original. (N. da T.)

Enfim, apareceu Akim Petróvitch com alguns papéis. Seu surgimento foi como uma punhalada bem no coração de Ivan Ilitch, mas apenas por um segundo. Ocupou-se com Akim Petróvitch, conversou com seriedade, indicou o que fazer e prestou esclarecimentos. Percebeu apenas que este se esquivara de olhá-lo longamente nos olhos, ou melhor, que Akim Petróvitch temia encará-lo. Então, Akim Petróvitch concluiu e começou a recolher os papéis.

— Há ainda um requerimento — disse secamente — de transferência para outro departamento do funcionário Pseldonímov... Sua Excelência Semión Ivánovitch Chipulenko prometeu-lhe uma vaga. Ele solicita a benevolente colaboração de Vossa Excelência.

— Ah, então vai se transferir — disse Ivan Ilitch e sentiu que um enorme peso saía de seu coração. Voltou-se para Akim Petróvitch e, naquele instante, seus olhares se encontraram.

— Mas claro, de minha parte... eu farei — respondeu Ivan Ilitch —, estou disposto.

Era evidente que Akim Petróvitch queria escapar o mais rápido possível. Mas Ivan Ilitch, num impulso de magnanimidade, decidiu dizer tudo de uma vez por todas. Aparentemente fora tomado outra vez por uma inspiração.

— Diga-lhe — principiou, tentando olhar Akim Petróvitch de forma clara e plena de significado profundo —, diga a Pseldonímov que eu não lhe desejo mal, não desejo!... Que, ao contrário, estou disposto até a esquecer tudo o que passou, esquecer tudo, tudo...

De repente, Ivan Ilitch interrompeu-se e olhou estupefato o estranho comportamento de Akim Petróvitch que, de pessoa racional, não se sabe por que, se revelou o mais terrível idiota. Em vez de terminar de ouvi-lo, enrubesceu da forma mais tola e começou a fazer pequenas reverências apressadas e até indecentes enquanto recuava em direção à porta.

Toda a sua aparência refletia o desejo de enterrar-se, ou melhor, de voltar à sua mesa o mais rápido possível. Ivan Ilitch, já sozinho, levantou-se da cadeira transtornado. Olhou no espelho e não viu o próprio rosto.

— Não, rigidez, só rigidez e mais rigidez! — sussurrou quase inconsciente para si, e de repente um vermelho vivo se espalhou por todo o seu rosto. Sentiu tanta vergonha, tanta dificuldade como não sentira nem nos oito dias em que estivera enfermo. "Não aguentei", disse de si para si e, impotente, deixou-se cair na cadeira.

ESTRELA-ABSINTO — A IDEIA SECRETA

Aleksei Riémizov

> "A vida, quando olhas ao redor com fria atenção,
> É uma piada tão vazia e estúpida!"
>
> Liérmontov[1]

> "Todo nosso planeta é uma mentira, e está assentado na mentira e na zombaria estúpida; as próprias leis do planeta são uma mentira e um *vaudeville* dos diabos."
>
> Dostoiévski[2]

É costumeiro começar com uma história: como surgiu a obra literária e o que pensaram e pensam a respeito dela. Meu fracasso aí é completo. Ao me afogar, não apenas estava agarrado a uma palha, como de hábito, mas a todo tipo de guano flutuante — *e nada*!

A exemplo dos beneditinos (Bénédictins de Saint-Maur), os escritores russos — e os escritores russos em geral se pare-

[1] Últimos versos de "Enfadonho e triste" (1840), poema de Mikhail Liérmontov (1814-1841). (N. da E.)

[2] Citação imprecisa da fala de Kiríllov no romance *Os demônios*, de Dostoiévski (Editora 34, 2004 p. 599, tradução de Paulo Bezerra): "[...] então quer dizer que todo o planeta é uma mentira e se sustenta na mentira e em um escárnio tolo. Portanto, as próprias leis do planeta são uma mentira e um *vaudeville* dos diabos". (N. do T.)

cem com monges... só que sem capuz nem *paramand*,[3] nem, naturalmente, são mestres do silêncio — puseram-se a empreender a coleta de material literário e começaram a publicar a "histoire littéraire de la Russie" sob o título de *Patrimônio literário*. A partir de 1733, os beneditinos soltaram 38 tomos, o último em 1941, enquanto na Rússia, entre 1931 e 1937, saíram 55 livros. Em dois destes livros (1934, nº 15, e 1935, nº 22-23) há alguns artigos dedicados a Dostoiévski. Além disso, há *Materiais e estudos*, com redação de A. S. Dolínin (edição da Academia de Ciências de Leningrado, 1935),[4] e, na Gosizdat [editora estatal soviética], há os materiais do arquivo de Dostoiévski, extraídos de cadernetas, esboços e variantes, sobre *O idiota* (Moscou, 1930) e *Crime e castigo* (Moscou, 1931). Perguntei aos nossos *riassofor*[5] locais (Iatchenovski, Kovalévski, Mogulski)[6] se não apareceu nada sobre *Uma história desagradável*: não haveria uns pedacinhos, umas notas sobre como Dostoiévski trabalhou? Mas até o próprio Butchik[7] — e em assuntos de informação livresca ele

[3] Traje monástico peitoral. (N. do T.)

[4] O presente ensaio de Riémizov foi depois incluso no volume 8 desta mesma série (*Dostoievski: materiali i issledovaniia*, Leningrado, Naúka, 1988, pp. 297-313). (N. do T.)

[5] Noviço da Igreja Ortodoxa, ao qual é permitido usar a túnica (*riassa*) mas ainda sem tomar votos. (N. do T.)

[6] Subentendem-se especialistas no campo de história da literatura russa e, em particular, na obra de Dostoiévski: o bibliófilo Vassíli Lukitch Iatchenovski, mencionado também em *O pífaro de Míchkin* (1953) com o apelido de "encanador-chefe"; o doutor em ciências histórico-filológicas da Universidade de Paris Piotr Evgráfovitch Kovalévski (1901-1978), autor da monografia *Dostoiévski: vida e obra* (Paris, 1947); e o historiador da literatura russa, autor de trabalhos sobre Gógol e Dostoiévski, Konstantin Vassílievitch Mogulski (1892-1948). (N. da E.)

[7] Nativo de São Petersburgo, emigrado em 1923, Vladímir Vladí-

é o pároco, *père* Boutchik — disse-me sem titubear: *não há nada*.

Uma história desagradável apareceu em seguida aos *Escritos da casa morta* em 1862, na revista *O Tempo*, editada por Mikhail e Fiódor Dostoiévski. A ação do conto se passa em São Petersburgo, no Lado Petersburgo, na "casa de Mlekopitáiev", em 1859-60, na véspera das "grandes reformas".

As reformas começariam no subsequente ano de 1861: libertação de 25 milhões de camponeses da servidão, julgamento judiciário público, instituição do *zemstvo*,[8] "liberdade de imprensa" (com a Direção Principal de assuntos de imprensa) — tudo isso foi uma reviravolta no modo de vida russo, o autêntico começo da revolução russa, anos que fazem lembrar o incêndio de 1917.

Examinei bastante todos os estudos sobre Dostoiévski, li os livros de Praga, de A. Bem (1926-36), perscrutei em histórias da literatura russa — a inglesa de D. P. Sviatopolk-Mirsky (1926), e a alemã de Arthur Luther (1924)[9] — e ninguém deixou escapar uma palavra, como se o conto não existisse nem jamais tivesse existido, apesar das últimas linhas,

mirovitch Butchik trabalhou na livraria russa em Paris, onde travou conhecimento com Riémizov. (N. da E.)

[8] Órgão criado afim de promover maior autonomia das províncias em decisões administrativas de interesse local, como a construção de escolas, hospitais e estradas. Os líderes dos *zemstvos* eram escolhidos em eleições nas quais estavam representados todos os estratos sociais. (N. do T.)

[9] Referência aos livros de Alfred Liudvigovitch Bem (1886-1945): *Sobre a questão da influência de Gógol em Dostoiévski* (1926); *O segredo da personalidade de Dostoiévski* (1928) e *Nas origens da obra de Dostoiévski* (1936); do príncipe Dmítri Petróvitch Sviatopolk-Mirsky (pseudônimo D. S. Mirsky, 1890-1939): *A History of Russian Literature from the Earliest Times to the Death of Dostoyevsky* (1926); e de Arthur Luther (1876-1955): *Geschichte der russischen Literatur* (1924). (N. da E.)

que não têm como não perturbar: "Olhou no espelho e não viu o próprio rosto". Quer dizer que Pralínski perdeu a forma humana? E não prestaram atenção nisso! Pois, afinal, perder o rosto será pior do que perder a sombra, como certa vez aconteceu ao Peter Schlemihl de Chamisso.[10]

Estou seguro de que Goya e Callot[11] ficariam tocados por essa confusão, e Goya e Callot não teriam passado ao largo, como os escritores e críticos que se esquivaram do conto enigmático.

"Pintura" e "palavra", difícil imaginar oposição maior: "olho" e "mão ocular" (nervo ótico na mão) e a luz do "mundo do céu" *versus* nada de mão nem olho, mas "voz", "ideia" e a luz do "mundo do coração". Um escritor que pinta é tão absurdo quanto um pintor que raciocina, e quanto àquilo que se chama em literatura de "pictórico" — que pobreza! A palavra é impotente para exprimir a luz do "mundo do céu". E isso vem da própria natureza de duas artes reluzentes, tão distintas, de linguagem própria. Só que eu não consigo, olhando para um quadro, *elaborar* e exprimir toda a tormenta das minhas ideias, enquanto um pintor *enxerga* por detrás das palavras e desenha toda uma confusão em cores, como teria feito Goya.

Deixei passar a arte gráfica. E a gravura está ligada exatamente à ideia. Na arte gráfica há a "linha", e nossos pensamentos são lineares. E, se na pintura há transformação, na

[10] Alusão à novela *A história maravilhosa de Peter Schlemihl* (1814), de Adelbert von Chamisso (1781-1838). (N. da E.)

[11] Francisco Goya (1746-1828), pintor espanhol muito apreciado como retratista mas cuja obra tardia compreende também exercícios grotescos como *Los caprichos* e *Los desastres de la guerra*. Jacques Callot (1592-1635) foi um desenhista e gravador francês de temas quiméricos e estilo extravagante; sua série mais famosa, *Les grandes misères de la guerre*, exerceu grande influência nas gravuras de Goya. (N. do T.)

arte gráfica há formação, e sua luz é uma fagulha: cintila e arde, "caracteriza". Como teria feito Callot.

Tudo isso já foi dito e repetido, é "surrado", mas estou abordando Dostoiévski e quero dizer com todas as forças: *desse modo*, Dostoiévski é, em linhas gerais, indescritível.

Dentre os escritores, Dostoiévski é especialmente esquivo, não se entregando ao olhar de jeito nenhum. Em Dostoiévski, tudo — "ideia", "sub-ideia", "trans-ideia" — são rodeios, volteios, curvaturas. E ele se esvai por inteiro; destila-se, úmido, numa luz amarga, doentia: são os seus "fervoroso", "furioso", "infindável", "sombrio"... é a sua "ofensa no coração", o seu "irresistivelmente", repetido com frequência, ou, como certa vez foi dito a respeito do falecido Apollon Grigóriev, "padecia de angústia por inteiro, totalmente, *por cada pessoa*".[12] E ainda mais, o mais terrível, o seu "por birra", ou aquele "olhar diligente, intranquilo a ponto de atormentar", e isso com "dor no coração", com uma angústia extenuante e um último arroubo de desespero, quando "o coração, consumido, pede liberdade, ar, descanso".

E a ação sempre tão comedida, curiosa apenas por acaso e pelo inesperado, por seu "de repente". Dostoiévski está fora do alcance do teatro, e toda tentativa teatral de representar Dostoiévski equivale a depenar um pássaro. Afinal, Dostoiévski é Dostoiévski porque tudo nele se concentra em uma ação muito complexa, encoberta, rumo ao excepcional: não se vê com os olhos nem se beija com a boca.

Em *Uma história desagradável* existe apenas uma ação, uma única cena: o casamento na casa de Mlekopitáiev. Mas representar um bêbado — o autor lança mão de um Pralínski bêbado — é a mesma coisa que contar anedotas do Cáucaso:

[12] Riémizov cita as palavras de Dostoiévski em seu comentário às "Lembranças de Apollon Grigóriev" de N. Strákhov (*Época*, 1865, nº 2, p. 299). (N. da E.)

a última pechincha. Ainda mais que, no teatro russo, já existe uma cena teatral pura: Khlestakóv bêbado e loroteiro em *O inspetor geral*.[13]

Escondida dos olhos está a ação mental, o caminho e as desavenças do pensamento, que frequentemente se manifesta em Dostoiévski como uma introdução à narrativa feita pelo coro do antigo teatro grego. Esse início em coro seria possível de adaptar ao teatro. Porém, o que sairia da nossa cena no quarto, sem coro, eu não sei, mas o mais provável é que *nada*.

O esquema do conto *Uma história desagradável* remonta às *Mil e uma noites*: uma das aventuras de Harun al-Rashid, nas noites que perscrutam o destino. As *Mil e uma noites* são mencionadas no conto, e Pralínski se compara a Harun al-Rashid. Para a história da forma literária, deve-se mencionar o conto do conde Vladímir Sollogub, "O baile" — o tom é o mesmo, e isso aos olhos de Dostoiévski; Sollogub o apadrinhou. E o próprio acontecimento de *Uma história desagradável* é tal qual o de uma reunião na casa de I. A. Tchernokninjikov (pseudônimo de A. Drujínin) em suas *Viagens sentimentais pelas dachas de São Petersburgo*. E Tchernokninjikov, nos anos 1840 e 1850, era tão popular quanto Zagóskin nos anos 1830; é claro que Dostoiévski leu Tchernokninjikov.

Porém, em nenhuma das aventuras de Harun al-Rashid e em nada que acontece a Tchernokninjikov nas suas "histórias desagradáveis" mais intrincadas (por exemplo os relatos de Veretennikov)[14] há aquilo que faz Dostoiévski permanecer

[13] Peça mais conhecida de Nikolai Gógol (1809-1852). (N. do T.)

[14] Um dos personagens dos "*Feuilletons* implausíveis" de Aleksandr Drujínin (1824-1864), inclusos nas *Notas de um turista de São Petersburgo* (1855-56). (N. da E.)

memorável e indelével: os "jogos de ideias" e as "ideias secretas". E, além disso, *Uma história desagradável* não se parece com nada, é única. *Uma história desagradável* é um conto de ação recíproca, nele há dois começos: um ao início e outro ao fim, a aventura de Pralínski e a aventura de Pseldonímov. E o encontro é o casamento na casa de Mlekopitáiev.

Os contos das *Mil e uma noites* estão entrelaçados por versos, são como um tapete bordado com ervas e riachos coloridos. Em Dostoiévski há uma correia mental de ações: em *Uma história desagradável* essa correia se prolonga por algumas páginas, mas, no tempo, apenas por meio minuto.

E para separar essas "ideias", como é de costume separar os versos, não se deveria experimentar publicá-los sem sinais de pontuação (o que seria também mais próximo da realidade, pois nela a continuidade é sem trégua, as ideias são pensadas, repensadas e refletidas)? Porém, sou detido pela experiência de Joyce: no *Ulisses*, há páginas sem vírgulas, e essas páginas sem pontuação causam intranquilidade, desaprendemos a ler sem prescrições, enquanto em Dostoiévski há capítulos inteiros com tal ininterrupção. Joyce não corresponde à expectativa... De resto, o que exigir de seu corretor Leopold Bloom? Toda profundidade de Joyce é apenas *cutânea*, com sua tentativa de penetrar na bexiga e na próstata, ao passo que lhe encomendam culminâncias.

Uma história desagradável é um conto do sofrimento recíproco de duas pessoas sobre as quais, no mesmo grau, desencadeia-se uma história desagradável.

Começo com Pralínski. O sobrenome "Pralínski" vem de *praline*,[15] que significa "açucarado", e também tem assonância com Marlínski — Bestújev-Marlínski, célebre escritor,

[15] Em francês no original. O pralinê é um doce feito de castanha caramelizada. (N. do T.)

denunciado por Bielínski por suas "paixões vulcânicas" e "frases estridulantes", sem se render à prata de Gógol.[16]

Porém, ao lermos o conto a partir do fim, o protagonista será o mudo Pseldonímov. Mas o que quer dizer "Pseldonímov"? Pseudônimo de quem? Claro que do homem, do homem em geral, que ganha o pão com o suor de seu rosto para se multiplicar e povoar a terra, "segundo os preceitos". Mas o que quer dizer: "determinação instintiva, sólida e inconsciente", "criatura de olhos fixos", filho de uma mãe que era uma "mulher rígida, infatigável, trabalhadora, mas, ao mesmo tempo, bondosa", e aquele bojudo nariz excessivamente aquilino, sobre o qual, se os narizes, como os lenços, fossem guardados no bolso, seria possível dizer: este é difícil de sacar. V. Rózanov, graças a pesquisas egípcias sobre a tridimensionalidade humana — comprimento, largura e... "quadril" —, bastaria apenas olhar para o nariz de Pseldonímov e diria, sem hesitar, à sua maneira, em grego: "Mas isso é um falo!".[17]

A ideia do conto, a partir do começo e a partir do fim, de Pralínski e de Pseldonímov, é a de *ser enganado pelas próprias esperanças*, tema dos contos da "escola natural".

Eram representantes da "escola natural": V. Dal (1801-1872), I. Panáiev (1812-1862), M. Pogódin (1800-1875), o conde V. Sollogub (1813-1882) e I. Butkov (1815-1856), o mais dotado de todos: confundiam-no com Dostoiévski, de tão semelhantes.

[16] Segundo nota da edição russa, trata-se de uma reprodução imprecisa das colocações de Bielínski. Marlínski era o pseudônimo do escritor romântico Aleksandr Bestújev (1797-1837). (N. do T.)

[17] Vassili Rózanov (1856-1919), escritor e filósofo, para quem toda a história da humanidade consistia na "história completa, universal e imaginável do falo" (Vassili Rózanov, *Fugaz*, Moscou, 1994, p. 254). (N. da E.)

Claro que na descrição do "inferno" da casa de Mlekopitáiev e da "noite de núpcias" de Pralínski-Pseldonímov, Dostoiévski ultrapassa todos os seus camaradas e companheiros de "escola". Mas existe algo mais no conto. É a ideia secreta de Dostoiévski.

O conto foi escrito depois dos trabalhos forçados (1850-54), em meio a lampejos obstinados de suas memórias das galés.

Com tais pensamentos não podiam atinar nem o desafortunado Butkov — atormentado pela vida e autor de *Pináculos de Petersburgo* (1846), com seus "desgraçados" e "pessoas sombrias" —, sem falar do conde Sollogub, autor de *Tarantás* (1844), que se dedicava ao "grande mundo",[18] ou Panáiev, autor de *Leões na província* e de paródias literárias sob o pseudônimo de "novo poeta", nem Pogódin, autor de *Doença negra* e *Aforismos* que, por sua maneira "desleixada", fora lançado à história das belas-letras como Dal[19] à do dicionário, segundo o fundador Rózanov.

Uma história desagradável não é um conto romanesco, não é a respeito dos exercícios do amor, descritos à exaustão e sem cor, mas sempre curiosos. O tema do conto é o homem — *o homem é o arrimo do homem e, ao mesmo tempo, o homem é o avesso do homem.*[20]

[18] Alusões aos livros *O desgraçado* e *O homem sombrio*, de Iakov Butkov, e *Grande mundo*, de Vladímir Sollogub. (N. do T.)

[19] Vladímir Dal, lexicógrafo e folclorista russo, famoso por seu *Dicionário explanatório da grandiosa e viva língua russa* (1863), obra muito admirada pelo trabalho de coleta de provérbios populares e pela riqueza dialetal, porém pouco apurada em sua organização. (N. do T.)

[20] Uma das variantes da cruel verdade do convívio humano, revelada por Piotr Alekséievitch Marakulin, herói da novela *Irmãs da Cruz* (1910): "o homem é insensível ao homem". (N. da E.)

Amantes da corrente "fisiológica" da literatura — essa traça que escapou de Joyce, genial em decompor as palavras até seu núcleo vivo e seu "umbigo rosado" — vão passar ao largo, sem distinguir nada em *Uma história desagradável*; e fãs de peças de amor "com beijos" não têm por que lê-la, e tanto faz se não se inebriarem. Falo de *Uma história desagradável* como se o conto surgisse em nosso tempo, entre nós, que rastejamos na terra, mamíferos silvestres[21] que nos alimentamos de sangue e de erva.

Uma história desagradável é um conto "de acusamento" — Dostoiévski realça o *a* para admoestar: nesse *a* ouve-se entusiasmo, audácia e descaramento; é como Butkov destaca em seu "homem sombrio": "rico e iletr-a-do", com ideia de desprezo.[22] E, além disso, Dostoiévski pode ter em mente os incontáveis erros de impressão pelos quais os periódicos daquela época eram célebres; de brincadeira, Drujínin não escrevia *Moskvitiánin*,[23] mas *M-á-skvitianin*. No casamento, um dos convidados, colaborador da *Faísca*, ameaça "caricaturar" Pralínski.[24]

A Faísca é a revista de humor *A Centelha*,[25] de Kúrotchkin e do pintor Stepánov: você cai na boca do povo, não

[21] Referência ao personagem Mlekopitáiev, cujo nome tem origem na palavra *mlekopitáiuschee* (mamífero). (N. do T.)

[22] Riémizov faz referência à passagem do conto em que o colaborador da revista *A Faísca* pronuncia a palavra *oblitchítelni* como *áblitchitelni* (ver p. 40, nota 20, neste volume). Analogamente, o autor grafa o termo *neobrazóvani* (iletrado) como *neábrazovani.* (N. do T.)

[23] Revista científico-literária editada por Pogódin entre 1841 e 1856. (N. do T.)

[24] Ainda no jogo entre *o* e *a*, Riémizov escreve *ákarikaturit*, quando o certo seria *okarikatúrit* (caricaturar). (N. do T.)

[25] Trata-se da revista *A Centelha* [*Iskra*], editada por Vassili Kúrotchkin e Nikolai Stepánov entre 1859 e 1873. Não confundir com a revista de mesmo nome na qual escreveram Lênin e Trótski. (N. do T.)

se alegra com isso, está na berlinda até o pescoço. Destacavam-se especialmente os versos de Buki-Ba, que deixaram para trás o próprio Ivan Ivánov Khlopotenko-Khlopotunov--Pustiakóvski (O. Senkóvski), da *Brincalhão*, e os epigramas de Scherbina, Erast Blagonravov (Almázov), da *Moskvitiánin*, e da *Casa de loucos* de Voiéikov.[26] Na opinião de Apollon Grigóriev,[27] "é difícil imaginar algo mais baixo do que esse riso que se ergue nos últimos tempos nas letras russas". Porém, nem Kúrotchkin, nem Buki-Ba, nem Stepánov, e nem aqueles que até então e depois se ocuparam em desmascarar "indivíduos" e "correntes", sequer sonharam com as medidas de acusação de Dostoiévski: todos os contos de Dostoiévski são "de a-cusamento".

E eis que, em minha reflexão, em uma hora amarga, não sei por que, de repente se pôs a martelar impertinente na memória e surgir perante os olhos com insistência:

> "Sônia estava de pé, de braços e cabeça baixa, em terrível angústia. [...]
>
> [*Raskónikov — canalha! — interrogava-a, sujava a alma, deslizando as mãos sujas até o coração*

[26] Referência a satiristas populares da época. Buki-Ba, pseudônimo de S. N. Fiódorov, contribuiu para os periódicos *A Centelha*, *O Contemporâneo* e *O Tempo*. Ivan Ivánov Khlopotenko-Khlopotunov-Pustiakóvski era o pseudônimo de Óssip Senkóvski (1800-1858) no *Brincalhão*. Nikolai Scherbina (1821-1869) foi poeta e autor de duas coletâneas de versos satíricos. Boris Almázov (1827-1876) publicava poemas paródicos no *Moskvitiánin* sob o pseudônimo de Erast Blagonravov. Aleksandr Voiéikov (1778-1839) foi um autor muito popular nos anos 1810; seu poema *A casa de loucos*, no qual figuras importantes de sua época são ridicularizadas, foi publicado apenas em 1857. (N. do T.)

[27] "Carta a N. Strákhov", publicada em 1861 na *Época*, também editada pelos irmãos Dostoiévski e sucessora de *O Tempo*. (N. do T.)

dolorosamente apertado, atormentado e inocente dela, e ameaçou que sua irmã, Pólietchka, iria pelo mesmo caminho...]

— Não! Não! Não pode ser, não! — Sônia gritou alto, feito desesperada, como se lhe tivessem dado uma súbita facada — Deus, Deus não vai permitir um horror como esse!

— Mas permite com outras.

— Não, não! Deus a protegerá, Deus!.. — repetiu ela fora de si.

— É, mas pode ser que Deus absolutamente não exista — respondeu Raskólnikov até com certa maldade, desatou a rir e olhou para ela.

De chofre o rosto de Sônia mudou terrivelmente, tomado por uma convulsão. Ela lançou para ele um indescritível olhar de censura, quis dizer alguma coisa mas nada pôde exprimir, e apenas se desfez em um pranto amargo, amargo, cobrindo o rosto com as mãos."[28]

* * *

Dostoiévski veio ao mundo não para admirar a terra, o espaço e a beleza do mundo de Deus — isso não é *Guerra e paz* de Tolstói, ou a *Crônica familiar* de Aksákov, e nem Gógol, o verdadeiro cantor de toda glutonaria e encanto, pintor da transformação e da carniça (*Almas mortas*!) no arco-íris brilhante do azul do céu até o verde dos campos; Dostoiévski veio para julgar a criatura de Deus, o homem, criado à sua imagem e semelhança.

[28] Fiódor Dostoiévski, *Crime e castigo* (Editora 34, 2001, p. 332, tradução de Paulo Bezerra). O trecho em itálico, entre colchetes, é uma contextualização feita por Riémizov. (N. do T.)

> "Vamos que a consciência seja inflamada pela vontade de uma força superior, que a consciência olhe para o mundo e diga: 'Eu existo'! [...] Se uma vez me fizeram saber que 'eu existo', então que me importa se o mundo foi construído com erros e que de outro modo ele não consegue permanecer de pé? Quem e por que irá me julgar depois disso?"[29]

* * *

Segui-o pela calçada de tábuas, iluminada pela lua; a noite era gogoliana: "a lua cheia banhava a terra com um opaco brilho prateado". Percorremos a Bolchói Prospekt e lá, perto de uma casa coberta de neve, similar às casas térreas vizinhas igualmente cobertas de neve, ele parou.

"A casa de Mlekopitáiev!" — reconheci, lembrando-me de *Uma história desagradável*.

E fomos parar num aposento desarrumado e atravancado. Como em um trono, em meio à gente da casa amontoada, suja e fedorenta, o velho Mlekopitáiev estava assentado profundamente, "assentado nas alturas", como só faz quem perdeu as pernas, e tomava vodca. Não xingava, porém. Estava particularmente satisfeito, como que "descansando de suas obras":[30] naquele dia de rara azáfama, conseguira se indispor com todos. Atiçadas e cheias de escoriações, as crianças imediatamente se agitavam, com queixas e pedidos. A própria Mlekopitaikha, que nascera com dor de dente, gemia como o vento de outono no contravento, e exigia atenção para o seu gemido. Tudo estava pronto para o casamento do

[29] Fiódor Dostoiévski, *O idiota* (Editora 34, 2002, pp. 464-5, tradução de Paulo Bezerra). (N. do T.)

[30] Referência à Epístola de Paulo aos Hebreus, 4: 10: "Porque aquele que entrou no descanso de Deus, também ele mesmo descansou de suas obras, como Deus das suas". (N. do T.)

dia seguinte. O noivo Pseldonímov dançava como um cossaco, sombrio porém resignado, e seu longo nariz aquilino farejava audácia e liberdade: a última prova de submissão de sua humanidade: "para não ficar cheio de si!" — explicava o velho Mlekopitáiev. O nariz, depois de percorrer uma versta, mergulhou no murcho colchão de penas, fungando e sonhando com o fatídico dia seguinte: amanhã, depois do casamento, o velho finalmente passaria a casa para o seu nome e tome — quatrocentos rublos de dote, o ordenado de um ano de Akáki Akákievitch.[31] E de baixo do colchão de penas murcho e manchado deslizou uma criatura com traços desbotados de Gretchen,[32] uma alemã russificada, alimentada e encorajada por Mlekopitáiev, e começou a narrar um conto das *Mil e uma noites*.

Digo então: se o vinho é o suco da terra, pergaminho vermelho humanizado e demoníaco, o conto é o ar, é sonho; e sem sonho não há como respirar! A tia de costela quebrada instalou-se ao lado da noiva que, de acordo com a onisciência do velho Mlekopitáiev, já queria se casar há muito — ou, como já desabafara ela mesma: fazia tempo que "já estava com comichão" —, e cochichou algo, ao passo que a outra, como uma verruguinha, virou-se na almofada abarrotada, e seus olhos ferinos e eriçados brilharam de raiva.

"Mlekopitáiev" vem de mamífero; ele é o provedor, como uma divindade, agastando-se com pássaros que não semeiam, não ceifam e nem se juntam em seu celeiro. Esse déspota sem pernas, à imagem e semelhança de Deus, não é desprovido de poesia e magnanimidade; é imagem do demiurgo que implantou no Éden um jardim para o homem e que tirou de sua costela a mulher; é imagem das grandiosas dádivas do

[31] Protagonista do conto "O capote", de Gógol. (N. do T.)

[32] Personagem do *Fausto* de Goethe. (N. do T.)

provedor, como a "paciência" e a "obediência", dádivas que ninguém inveja: este é o ex-tesoureiro municipal e conselheiro titular Mlekopitáiev.

* * *

Ocorreu-me uma ideia tentadora: apresentar *Uma história desagradável* como um sonho.

Esse sonho é sonhado simultaneamente por Pralínski e Pseldonímov. Afinal, esta história desagradável irrompe na mesma medida em Pralínski e em Pseldonímov: um sonha abraçar a "humanidade", o outro em se tornar "homem". O sonho se dá na véspera do casamento; a lua faz feitiçarias.

Pralínski sonhava com muita coisa, "embora não fosse nem um pouco bobo".

No mundo "falso" concebido por mim, apenas um tolo pode "sonhar", enquanto o "homem de ação" é sempre um cabeça-dura (limitado); ou então, ser "honrado" significa que não se teve ocasião de ser particularmente desonesto com ninguém, e qualquer um pode ser "maligno", e apenas o "idiota" é sem maldade; o "homem direito" é um covarde e um escravo, e o "bondoso" só o é até que lhe peçam dinheiro.

Pralínski "sonha", e ainda é acometido por uma certa delicadeza doentia. A respeito do "homem irmão", ele leu no "Capote" de Gógol, e encasquetou: "sou teu irmão", disse-lhe Akáki Akákievitch, enquanto havia, ao alcance de sua mão, outros tantos Akákis Akákievitchs, e dentre eles Pseldonímov: "teu irmão!". E de Akáki Akákievitch-Pseldonímov era fácil passar para o "homem" em geral, e daí para a "humanidade".

Pralínski saiu da casa de Nikíforovitch bêbado: a cabeça zumbia. Em vez do seu "febril", Dostoiévski toma emprestado o "bêbado" gogoliano, talvez porque Pralínski em geral não beba. Em condições normais, nada pode se revelar à pessoa: ela rasteja no solo de suas preocupações e não enxerga um palmo à frente do nariz; é necessário algum desvio, choque, subida ou desagregação, com os olhos bêbados ou quando treme, e então, quando a alma se esvai, a respiração fica presa; mas nem só de pão vive o homem.

Pralínski estava muito bêbado, não se lembrava de como fora do Lado Petersburgo até a Serguiévskaia, de como o criado o despira, de como se deitara na cama e adormecera.

No *pré-sono*, do qual raramente há lembrança, rostos aparecem diante dos olhos; inicialmente são como os da vida, porém começam a se modificar involuntariamente, assumindo formas monstruosas; tais rostos não são mais rostos, mas "focinhos", e, ademais, "focinhos desagradáveis". Em um instante, o adormecido desperta, sobressaltado, mas imediatamente retorna ao sonho.

Diante de Pralínski apareceram dois rostos: o do anfitrião, com o qual bebera demais, Stepán Nikíforovitch Nikíforov, *rosado e brilhante* (Nikífor significa "vitorioso"), e um *amarelo e preto*, a cor do convidado Semión Ivánitch Chipulenko (Chipulenko significa "fervente"). O anfitrião é um funcionário público que ocupara um posto elevado ainda no tempo do ministro liberal Speránski, o "livre-pensador" de Alexandre I, quando escolheram para colaboradores do ministro não os mais conhecidos, mas os mais capazes: Ivan Ivánovitch Martínov, Vassíli Polikárpovitch Nikítin, todos com sobrenomes notáveis. E o convidado era um finório esperto do tempo da "tutela" de Nicolau I, Chipulenko de Kiév ou de Poltava: o ministro do Interior Kotchubei colocou vários conterrâneos em cargos importantes em Petersburgo.

Esses dois rostos coloridos exibiam-se diante de Pralínski, e modificaram-se a ponto de soar como uma única expressão lúgubre: "não vamos aguentar — você não vai aguentar".

"Ah, eu aguentarei!", grita Pralínski, mas sua voz não pode ser ouvida: sua boca é sufocada pelos "focinhos desagradáveis".

E tudo aconteceu porque, bêbado em uma reunião, dissera umas bobagens a respeito do "homem-humanidade--humanismo" e o tema atual das "grandes reformas", que a Rússia, em bancarrota depois de Sebastópol, deveria voltar a empreender.

"Você não vai aguentar!", martelava a voz, e o rosa se misturava com o amarelo e, brilhando, turbilhonava, e da boca fumegante de Chipulenko de repente começou a emergir o nariz de Pseldonímov, banhado de suor... digo com as palavras de nosso primeiro cronista: "a vergonha impede de descrever".[33]

Ao ver uma beterraba monstruosa, Pralínski não resistiu e estremeceu. E assim começa o sonho.

Ele sai da casa de Nikíforov para voltar à sua casa, na rua Serguiévskaia; chama, mas o cocheiro não está. E vai a pé pela noite, ameaçando Trífon, que sumiu com a caleça e foi para o casamento da comadre. Mas aos poucos se acalma: o sono benfazejo faz a sua parte; e no desespero extremo, ainda que por um instante, apenas o sonho pode tranquilizar um homem. Trífon, um homenzarrão troncho, converte-se em um cristal de neve cintilante.

"A noite estava encantadora. Havia gelo, mas o silêncio e a ausência de vento eram incomuns. O céu estava claro, estrelado. A lua cheia banhava a terra com um opaco brilho prateado. Estava tão aprazível..."

[33] A referência remete à parte do *Relato dos tempos antigos* em que se descreve o augúrio enviado aos príncipes em guerra: um bebê em cujo rosto havia partes indecentes (*Póvest vremeníkh let*, Moscou, 1950, parte 1, p. 110). (N. da E.)

Ao som da música começa a confusão. Pralínski foi parar na casa de Mlekopitáiev... enfiar a galocha na galantina, o que é isso? Afinal, trata-se da mais normal manifestação do sonho, a quarta dimensão! E o fato de que todos na casa, anfitrião e convidados, começaram a se afastar dele e a retroceder, e depois caíram-lhe em cima, enfurecidos, é um dos sinais mais claros de sonho.

Das *Cartas de um viajante russo*, de Karamzin, Pralínski sabia do mago dançarino de Paris, o vaporoso Vestris;[34] em casa, o pai frequentemente se lembra de Duport,[35] daquela bola de prata volátil cujo feitiço Tolstói descreve em *Guerra e paz* (encontro de Anatóli e Natacha Rostova). E eis na sua frente o estudante de medicina (estudante da Academia Médica Militar; o uniforme não é universitário, mas militar), aquele que era "simplesmente um Fókin" e dançava "de ponta-cabeça" — com a cara no chão.

Pralínski viu Fanny Elssler, guarda na memória o livro impresso em caracteres dourados, edição moscovita dos admiradores de "Fanny",[36] como chamavam Elssler carinhosamente em Moscou por sua facilidade colossal, e vejam — Kleopátra Semiónova, de vestido gasto de veludo azul-escuro, que pregou a saia com alfinetes e deu uma afastada nas pernas, como se estivesse de calças. E ainda tem mais, quando o estudante de medicina "arrisca" dançar com ela o *peixe* —

[34] Marie Jean Agustin Vestris (1760-1842), bailarino francês. "A arte deste dançarino é assombrosa. Sua alma está nos pés, a despeito das teorias de todos que testam a natureza humana, que a buscam nas fibras do cérebro" (Nikolai Karamzin, *Pisma russkogo putechestvennika*, Moscou, 1980, p. 280). (N. da E.)

[35] Louis Antoine Duport (1786-1853), bailarino que fez turnês em São Petersburgo e Moscou em 1808-12. (N. da E.)

[36] Fanny (Franziska) Elssler (1810-1884), bailarina austríaca; em 1843-51, apresentou-se triunfalmente em Moscou e Petersburgo. O livro em questão é *Fanny Elssler* (1851), de E. P. Rostoptchiná. (N. da E.)

uma dança "indecorosa", mas muito apropriada para o casamento... "por assim dizer, uma insinuação amigável a Pseldonímov".

E, conforme caminhava ao som da música, apenas lhe ocorreu pensar em Emerance.

As "Emerance", àquela altura, eram uma "novidade" na Rússia, uma moda — estas não eram "as borboletas noturnas", nem "as virgens da alegria", como falavam nos tempos de Púchkin, pronunciando o *r* à parisiense; e nem a Sônia de Dostoiévski ou a Nadiéjda Nikoláievna de Gárchin; mas sim todas as "p. secas" estrangeiras, ávidas e engenhosas para esvaziar bolsos ricos, preponderantemente francesas e polacas.[37] São descritas por Krestóvski nos *Confins de São Petersburgo* e por Drujínin (Tchernoknijnikov) em suas *Viagens sentimentais*. Depois haverá uma Emerance-Krutilda no *Notívago*, de Leskov,[38] e bastou pensar em Emerance-Krutilda para lhe dizerem — o Buki-Ba da *Faísca/Centelha* — que ele, Pralínski, era "um daqueles chefes que cobiçam as jovens esposas de seus subordinados". Aí está sua Emerance!

Como, então, traduzir Emerance? Para Pralínski, soa como *émeraude* — esmeralda, luminosa esmeralda, relva Súzdal, a grama primeva da Pascoela.[39] Porém, apenas em sonho foi revelado e dito com todas as letras que ele "cobiçava...", pois até então não houvera sequer insinuação, nem lhe passara pela cabeça.

E a cena de encerramento é um autêntico sonho, quando Akim Petróvitch, chefe de seção de Pralínski, "começou

[37] Referência às personagens de *Crime e castigo* e do conto de Gárchin "Um acidente" [*Proischestvie*], que são prostitutas. Riémizov abrevia a palavra pelo decoro da época. (N. do T.)

[38] *Polunoschniki* (1891), novela de Nikolai Leskov. (N. do T.)

[39] A Pascoela [*Krásnaia Gorka*] é um feriado que celebra a primavera, e acontece no primeiro domingo depois da Páscoa. (N. do T.)

a fazer pequenas reverências apressadas enquanto recuava em direção à porta". Assim como em Gógol, na "Terrível vingança",[40] aos olhos do feiticeiro, como sinal de destino condenado à ruína, erguem-se braços secos e descarnados, "tremeram e tombaram".

Pralínski, depois de ficar sozinho, ergueu-se transtornado da cadeira. "Olhou no espelho e não viu o próprio rosto".

E acordou horrorizado.

* * *

O sonho de Pseldonímov nessa mesma noite — na véspera do casamento — é mais simples, porém não menos horrível.

Quando ficou sozinho, abandonado em frente ao leito nupcial arrasado, como se estivesse pregado na cruz — esse era seu sonho —, e todo o ninho de aranhas dos Mlekopitáiev se espalhou pelas frestas e buracos, "atônitos e balançando a cabeça", foi um autêntico Gólgota. Diante de seus olhos passou correndo toda a barafunda com seu chefe Pralínski, e ao grito de "E-e-eh, Pseldonímuchka!" — que soava como: "acabou-se a sua casa, acabou-se o seu dinheiro e você mesmo está acabado!" —, ele "dormiu um sono de chumbo, de morte, como deve ser o sono de um condenado a um castigo em praça pública". O próprio Dostoiévski fora condenado à morte, e tinha um livro nas mãos.

* * *

Dostoiévski adquiriu uma reputação: o "dostoievskismo" era inebriamento e trevas. Mas será que isso é verdade? Pois em *Uma história desagradável* há um menino admirável, que fala sobre um "dicionário de sonhos, literário" —

[40] Conto publicado no segundo volume da coletânea *Serões numa granja perto de Dikanka* (1832). (N. do T.)

que ímpeto afetuoso ele tem, de ajudar em meio à desgraça; o encontramos repetidamente em Dostoiévski, com o nome de Kólia, Ívolguin e Krassótkin, no *Idiota* e nos *Karamázov*, respectivamente.

E a mãe de Pseldonímov?

Pralínski também reparou em seu "caráter nacional": "seu arredondado rosto russo era bondoso, rosado e franco, sorria com tamanha bondade e se inclinava com tanta simplicidade"; e o velho Mlekopitáiev até então não a espicaçara; ela lhe agradava, principalmente porque toda a ira do inferno dos Mlekopitáiev se voltava contra Pseldonímov. E com que docilidade ela toma conta do "infeliz" — pois como dar outro nome a Pralínski, todo borrado, no "leito nupcial" alheio. Nessa mulher-mãe russa, quanta simplicidade, amabilidade, anseio e, direi, *indulgência*... pois a bondade da Rússia e dos russos é sua maior riqueza.

Mas isso não está escrito em lugar nenhum, fui eu que ouvi — minha voz certa vez ressoou em mim, em russo:

"Por toda a minha vida aspirei à vitória. E venci. Mas sempre simpatizei com os perseguidos e derrotados, com os de cara quebrada, que enxugam o nariz ensanguentado com a mão!"

E começou a lenda sobre Dostoiévski: sobre Dostoiévski como um escritor desleixado, que se apressava por uns copeques. E isso tampouco é verdade. Dostoiévski é discípulo de Gógol, o que quer dizer, em uma palavra: o olhar. Drujínin, crítico e escritor, autor de *Polinka Saks* (1847) mas, o que é mais importante, *escritor* — ou seja, conhecedor por experiência própria do ofício de escrever —, recriminava Dostoiévski por excesso de "meticulosidade".[41] A lenda so-

[41] "As novelas de Dostoiévski revelam um trabalho árduo, cheiram a suor, com o perdão da palavra, e esse excesso de elaboração, que o autor não sabe esconder, prejudica a impressão" (A. Drujínin, "Cartas de um

bre o desleixo começou depois de *Humilhados e ofendidos* (1859), e Dostoiévski, na revista *Época*, em 1864, por todas as palavras e com toda a indignação se pronunciou "ardentemente" contra tal acusação.[42] Dostoiévski reconhece que, de fato, tinha pressa, mas que ninguém o obrigava, e por vontade própria entregava no prazo o manuscrito à tipografia da revista *O Tempo*, editada por ele mesmo e seu irmão. Ninguém leu esses comentários de Dostoiévski, apenas N. Strákhov e D. Aviérkiev. E a lenda se fortaleceu: afinal, o boato negativo vive com muito mais força nas mentes que o positivo. Quem não conhece a longevidade da calúnia?

E se tornou um lugar-comum falar de Dostoiévski como um escritor descuidado. Verdade que o próprio Dostoiévski tratou disso em suas cartas privadas.[43] Daí vem a convicção de que não é apenas possível como necessário traduzir Dostoiévski para línguas estrangeiras com toda a liberdade, sintetizando e suplementando seus dotes próprios de mosquito.

Uma história desagradável foi escrita com todo esmero gogoliano: a frase é pensada, cada palavra está em seu lugar, sem tirar nem pôr, não cabendo nenhuma troca. Assonâncias e verbalismos (*meret*, *peret*, *teret*)[44] nos atingem o ouvido, como uma pulga a saltar, irrequieta, mas isso não se explica pela pressa e surdez possíveis a quem escreve muito, e sim pela artificialidade da língua literária russa; "a língua russa foi submetida a formas e regras gramaticais estrangei-

assinante de outra cidade à redação de *O Contemporâneo* sobre o jornalismo russo", 1849). (N. da E.)

[42] No artigo "Comentário às 'Lembranças de Apollon Grigóriev' de N. Strákhov". (N. da E.)

[43] *Cartas de Dostoiévski com comentários de A. S. Dolínin*, Moscou, Arquivo da Editora Estatal, 1928-34, vols. I, II, III. (N. da E.)

[44] "Morrer", "ir", "esfregar", em russo. (N. do T.)

ras que lhe são completamente alheias".[45] Isso foi farejado por Púchkin, entendido pelos eslavófilos (Khomiakov, os irmãos Kiriéievski, os Aksákov), mas como passou longe de Karamzin, Bielínski e Herzen!

Quanto a não haver críticas de *Uma história desagradável*, a explicação é muito simples: não havia quem escrevesse, ou onde escrever.

Apollon Grigóriev e N. Strákhov eram os principais colaboradores de *Época* e estavam ligados a Dostoiévski; V. Bielínski, que recebera com entusiasmo *Gente pobre* (1846), de Dostoiévski — "Gógol? Para onde, adiante!" —, não estava mais neste mundo, assim como Valerian Máikov. Nekrássov, embora tenha sido o descobridor de Dostoiévski — "o segundo Gógol"[46] — decepcionara-se, assim como Bielínski. Quem mais, dentre os contemporâneos? N. Dobroliúbov? Dobroliúbov não viveu até *Uma história desagradável*, e N. Tchernichévski foi preso ao mesmo tempo em que saía *Uma história desagradável*, em 1862, mesma sorte de D. Píssariev. Drujínin ainda estava vivo, mas não se deve exigir nada dele nos últimos anos de vida.

Nos *Anais da Pátria*, de A. Kraiévski, onde apareciam os contos de Dostoiévski, a crítica o recriminava pela "narração obscura" e se justificava dizendo que não era possível encontrar a "chave", nem saber para onde ele conduzia e o

[45] K. S. Aksákov, "Algumas palavras sobre a nossa ortografia", *Coletânea de Moscou*, 1846. (N. da E.)

[46] No *Diário de um escritor* de 1877, Dostoiévski conta como Nekrássov, que conhecera sua novela *Gente pobre* em manuscrito, apressou-se em compartilhar sua descoberta com V. G. Bielínski: "'Apareceu um novo Gógol!'" — gritou Nekrássov, ao levar *Gente pobre* para ele. — 'Na sua opinião, os Gógol crescem como cogumelos' —, observou Bielínski, severo, mas pegou o manuscrito" (*Dostoievski: materiali i issledovaniia*, vol. 25, p. 30). No dia seguinte, o próprio Bielínski falou da novela com admiração, e pediu a Nekrássov que lhe apresentasse o autor. (N. da E.)

que queria dizer. Talvez S. Dudíchkin tenha reparado apenas nessa "obscuridade", mas o mais provável é que não tenha reparado em nada.[47]

Calaram-se a respeito de *Uma história desagradável*.

Encontrei algo, porém, na *História da literatura russa* em inglês, de D. Sviatopolk-Mirsky, enfiado bem no fim do livro.

Depois da apreciação de *A aldeia de Stepántchikovo*, onde Fomá Opískin é dado como o protótipo de Golovliov,[48] e Gógol é apresentado como autor da *Correspondência com amigos* (1847), algumas linhas a respeito de *Uma história desagradável*:

> "A crueldade, porém, em sua forma mais complexa, pode ser encontrada na mais característica das narrativas curtas desse período: *Uma história desagradável*. Com o mesmo detalhamento de *O duplo*, Dostoiévski descreve o tormento de uma consciência rebaixada pelo qual passa um alto funcionário no casamento de um funcionário menor de seu departamento, onde ele aparece sem ser convidado, comporta-se como um idiota, embebeda-se e causa muitas despesas ao pobre funcionário."

Com *Uma história desagradável*, Dostoiévski começa seu caminho *para lá*.

[47] Em sua panorâmica "Literatura russa de 1848" (*Anais da Pátria*, 1849, nº 1), o crítico literário Stepan Semiônovitch Dudíchkin deu um valor alto à produção inicial de Dostoiévski, em sua opinião, o melhor representante da "literatura psicológico-estética". (N. da E.)

[48] Personagens dos romances *A aldeia de Stepántchikovo e seus habitantes* (1859), de Dostoiévski, e *A família Golovliov* (1880), de Mikhail Saltikov-Schedrin. (N. do T.)

Da casa de Mlekopitáiev, esse ninho de aranhas, ele me leva ao quarto de banhos de Svidrigáilov: o quarto de banhos com aranhas é a "eternidade".[49] Do quarto de banhos enegrecido vamos, com uma vela na mão, até a despensa de Hippolit, e lá Dostoiévski nos mostra uma tarântula:[50] essa tarântula é a criadora da vida e destruidora da besta. E, para concluir, em *Karamázov* (1880), Ivan devolve seu bilhete *para lá* com o direito de contar uma história desagradável ou, para falar de modo simples, o direito de estar sob a luz branca deste mundo de Deus:

"E quem ainda vai enrolar a língua para repetir a *Divina comédia*? Veja como ela é 'divina': ela está na Terra, enquanto a história desagradável universal está *lá*!"

Tradução de Irineu Franco Perpetuo

[49] "A eternidade sempre nos parece uma ideia que não se pode entender, algo enorme, enorme! Mas por que forçosamente enorme? E de repente, em vez de tudo isso, imagine só, lá existe um único quarto, alguma coisa assim como o quarto de banhos da aldeia, enegrecido pela fuligem, com aranhas espalhadas por todos os cantos, e toda a eternidade se resume a isso. Sim, às vezes me parece que vejo coisas desse tipo". Fala de Svidrigáilov em *Crime e castigo*, de Dostoiévski (Editora 34, 2001, p. 300, tradução de Paulo Bezerra). (N. do T.)

[50] "Lembra-me que alguém me teria conduzido pela mão, com uma vela na mão, mostrado uma tarântula imensa e repugnante". Fala de Hippolit em *O idiota*, de Dostoiévski (Editora 34, 2002, p. 458, tradução de Paulo Bezerra). (N. do T.)

SOBRE O AUTOR

Fiódor Mikháilovitch Dostoiévski nasceu em Moscou a 30 de outubro de 1821, num hospital para indigentes onde seu pai trabalhava como médico. Em 1838, um ano depois da morte da mãe por tuberculose, ingressa na Escola de Engenharia Militar de São Petersburgo. Ali aprofunda seu conhecimento das literaturas russa, francesa e outras. No ano seguinte, o pai é assassinado pelos servos de sua pequena propriedade rural.

Só e sem recursos, em 1844 Dostoiévski decide dar livre curso à sua vocação de escritor: abandona a carreira militar e escreve seu primeiro romance, *Gente pobre*, publicado dois anos mais tarde, com calorosa recepção da crítica. Passa a frequentar círculos revolucionários de Petersburgo e em 1849 é preso e condenado à morte. No derradeiro minuto, tem a pena comutada para quatro anos de trabalhos forçados, seguidos por prestação de serviços como soldado na Sibéria — experiência que será retratada em *Escritos da casa morta*, livro que começou a ser publicado em 1860, um ano antes de *Humilhados e ofendidos*.

Em 1857 casa-se com Maria Dmitrievna e, três anos depois, volta a Petersburgo, onde funda, com o irmão Mikhail, a revista literária *O Tempo*, fechada pela censura em 1863. Em 1864 lança outra revista, *A Época*, onde imprime a primeira parte de *Memórias do subsolo*. Nesse ano, perde a mulher e o irmão. Em 1866, publica *Crime e castigo* e conhece Anna Grigórievna, estenógrafa que o ajuda a terminar o livro *Um jogador*, e será sua companheira até o fim da vida. Em 1867, o casal, acossado por dívidas, embarca para a Europa, fugindo dos credores. Nesse período, ele escreve *O idiota* (1869) e *O eterno marido* (1870). De volta a Petersburgo, publica *Os demônios* (1872), *O adolescente* (1875) e inicia a edição do *Diário de um escritor* (1873-1881).

Em 1878, após a morte do filho Aleksiêi, de três anos, começa a escrever *Os irmãos Karamázov*, que será publicado em fins de 1880. Reconhecido pela crítica e por milhares de leitores como um dos maiores autores russos de todos os tempos, Dostoiévski morre em 28 de janeiro de 1881, deixando vários projetos inconclusos, entre eles a continuação de *Os irmãos Karamázov*, talvez sua obra mais ambiciosa.

SOBRE A TRADUTORA

Priscila Marques nasceu em São Paulo em 1982. É formada em Psicologia pela Universidade Presbiteriana Mackenzie. Mestre e doutora em Literatura e Cultura Russa pela Faculdade de Filosofia, Letras e Ciências Humanas da Universidade de São Paulo, é autora da dissertação de mestrado "Polifonia e emoções: um estudo sobre a subjetividade em *Crime e castigo*" e da tese de doutorado "O Vygótski incógnito: escritos sobre arte (1915-1926)". Traduziu, para a Editora 34, os contos "Mujique Marei", de Fiódor Dostoiévski, e "De quanta terra precisa um homem?", de Lev Tolstói, para a antologia *Clássicos do conto russo* (2015); a novela *Uma história desagradável*, de Dostoiévski (2016); e, para o volume *Contos reunidos*, de Dostoiévski (2017), os textos "O senhor Prokhártchin", "Romance em nove cartas", "Um coração fraco", "Uma árvore de Natal e um casamento", "A mulher de outro e o marido debaixo da cama", "O ladrão honrado", "Meia carta de 'uma certa pessoa'", "Pequenos quadros", "Pequenos quadros (durante uma viagem)", "Um menino na festa de natal de Cristo", "Mujique Marei", "A mulher de cem anos", "O paradoxalista", "Dois suicídios", "O veredicto", "Uma história da vida infantil", "Plano para uma novela de acusação da vida contemporânea" e "O tritão", além de "A mulher de outro", "O marido ciumento", "Histórias de um homem vivido" e "Domovoi".

COLEÇÃO LESTE

István Örkény
A exposição das rosas e A família Tóth

Karel Capek
Histórias apócrifas

Dezsö Kosztolányi
O tradutor cleptomaníaco e outras histórias de Kornél Esti

Sigismund Krzyzanowski
O marcador de página e outros contos

Aleksandr Púchkin
A dama de espadas: prosa e poemas

A. P. Tchekhov
A dama do cachorrinho e outros contos

Óssip Mandelstam
O rumor do tempo e Viagem à Armênia

Fiódor Dostoiévski
Memórias do subsolo

Fiódor Dostoiévski
O crocodilo e Notas de inverno sobre impressões de verão

Fiódor Dostoiévski
Crime e castigo

Fiódor Dostoiévski
Niétotchka Niezvânova

Fiódor Dostoiévski
O idiota

Fiódor Dostoiévski
Duas narrativas fantásticas: A dócil e O sonho de um homem ridículo

Fiódor Dostoiévski
O eterno marido

Fiódor Dostoiévski
Os demônios

Fiódor Dostoiévski
Um jogador

Fiódor Dostoiévski
Noites brancas

Anton Makarenko
Poema pedagógico

A. P. Tchekhov
O beijo e outras histórias

Fiódor Dostoiévski
A senhoria

Lev Tolstói
A morte de Ivan Ilitch

Nikolai Gógol
Tarás Bulba

Lev Tolstói
A Sonata a Kreutzer

Fiódor Dostoiévski
Os irmãos Karamázov

Vladímir Maiakóvski
O percevejo

Lev Tolstói
Felicidade conjugal

Nikolai Leskov
Lady Macbeth do distrito de Mtzensk

Nikolai Gógol
Teatro completo

Fiódor Dostoiévski
Gente pobre

Nikolai Gógol
O capote e outras histórias

Fiódor Dostoiévski
O duplo

A. P. Tchekhov
Minha vida

Bruno Barretto Gomide (org.)
Nova antologia do conto russo

Nikolai Leskov
A fraude e outras histórias

Nikolai Leskov
Homens interessantes e outras histórias

Ivan Turguêniev
Rúdin

Fiódor Dostoiévski
A aldeia de Stepántchikovo e seus habitantes

Fiódor Dostoiévski
Dois sonhos: O sonho do titio e Sonhos de Petersburgo em verso e prosa

Fiódor Dostoiévski
Bobók

Vladímir Maiakóvski
Mistério-bufo

A. P. Tchekhov
Três anos

Ivan Turguêniev
Memórias de um caçador

Bruno Barretto Gomide (org.)
Antologia do pensamento crítico russo

Vladímir Sorókin
Dostoiévski-trip

Maksim Górki
Meu companheiro de estrada e outros contos

A. P. Tchekhov
O duelo

Isaac Bábel
No campo da honra e outros contos

Varlam Chalámov
Contos de Kolimá

Fiódor Dostoiévski
Um pequeno herói

Fiódor Dostoiévski
O adolescente

Ivan Búnin
O amor de Mítia

Varlam Chalámov
A margem esquerda
(Contos de Kolimá 2)

Varlam Chalámov
O artista da pá
(Contos de Kolimá 3)

Fiódor Dostoiévski
Uma história desagradável

Ivan Búnin
O processo do tenente Ieláguin

Mircea Eliade
Uma outra juventude
e Dayan

Varlam Chalámov
Ensaios sobre o mundo do crime
(Contos de Kolimá 4)

Varlam Chalámov
A ressurreição do lariço
(Contos de Kolimá 5)

Fiódor Dostoiévski
Contos reunidos

Lev Tolstói
Khadji-Murát

Mikhail Bulgákov
O mestre e Margarida

Iuri Oliécha
Inveja

Nikolai Ognióv
Diário de Kóstia Riábtsev

Ievguêni Zamiátin
Nós

Boris Pilniák
O ano nu

Viktor Chklóvski
Viagem sentimental

Nikolai Gógol
Almas mortas

Fiódor Dostoiévski
Humilhados e ofendidos

Vladímir Maiakóvski
Sobre isto

Ivan Turguêniev
Diário de um homem supérfluo

Arlete Cavaliere (org.)
Antologia do humor russo

Varlam Chalámov
A luva, ou KR-2
(Contos de Kolimá 6)

Mikhail Bulgákov
Anotações de um jovem médico
e outras narrativas

Lev Tolstói
Dois hussardos

Fiódor Dostoiévski
Escritos da casa morta

Ivan Turguêniev
O rei Lear da estepe

Fiódor Dostoiévski
Crônicas de Petersburgo

Lev Tolstói
Anna Kariênina

Liudmila Ulítskaia
Meninas

Vladímir Sorókin
O dia de um oprítchnik

Aleksandr Púchkin
A filha do capitão

Este livro foi composto em Sabon,
pela Bracher & Malta, com CTP da
New Print e impressão da Graphium
em papel Pólen Natural 80 g/m² da
Cia. Suzano de Papel e Celulose para
a Editora 34, em fevereiro de 2023.